The
BEAST
and the
BETHANY ⑤

베서니와 괴물의 만찬

뛰어난 인재가 되고자 하는 결심을 이룬 나의 에이전트,
레이철 맨에게 감사합니다.
당신이 없었다면 괴물도 없었을 거예요.

-잭 메기트 필립스

Originally published in English by Farshore, an imprint of
HarperCollins *Publishers* Ltd, The News Building,
1 London Bridge St, London, SE1 9GF under the title:

THE BEAST AND THE BETHANY: THE FINAL FEAST
Copyright © Jack Meggitt-Phillips 2024
Interior Illustrations copyright © Dynamo 2024

Korean Translation © Dasan Books Co., Ltd 2024
Translated under licence from HarperCollins *Publishers* Ltd
This edition is published by arrangement with HarperCollins *Publishers* Ltd
Limited through KidsMind Agency, Korea.

• 잭 메기트-필립스 글 | 강나은 옮김 •

The BEAST and the BETHANY ⑤

베서니와 괴물의 만찬

다산
어린이

차 례

1. 숨넘어가는 에벤에셀

베서니는 엄마 아빠가 궁금하지 않았던 때가 없었다. '아빠 오거스터스와 엄마 제미마는 어떤 사람들이었을까?' '이만큼 자란 나를 보면 기특하게 여길까?' 그러나 엄마 아빠가 모두 흉악한 범죄자였다는 것을 안 뒤로 베서니는 달라졌다. 세상 널리 알리고 싶었다. 자기는 부모를 하나도 닮지 않았다고.

자꾸만 그 생각이 나서, 자기에게 잘못한 것도 없는 사람들 한테 괜히 화를 냈다. 밤에는 잠도 잘 못 잤다. 무엇보다도 남 들에게 '꺼지라'는 말을 하고 싶어도 그 말이 시원하게 나오 지 않았다. 어딘가 나사가 빠져도 단단히 빠진 게 분명했다.

베서니가 친구 에벤에셀 트위저의 513번째 깜짝 생일 파 티를 열심히 준비하는 이유이기도 했다. 자기가 부모보다 훨씬 나은 사람이란 걸 세상에 보여 주고 싶었다.

베서니는 모든 이웃에게 초대장을 보냈다. 머들에게는 달콤한 먹을거리를 여러 가지 만들어 달라고 부탁했다. 생일을 축하하는 특별한 공연도 여러 사람과 함께 준비했는데, '남자 친구는 아닌' 제프리에게도 공연해 달라고 부탁했다. 춤추며 쏘다니는 골칫거리 글로리아 쿠삭에게는 부탁하지 않았다.

파티의 성공 여부는 생일 주인공이 그날까지 살아남느냐 마느냐에 달려 있었다.

"그때까지 버티지 못할 것 같아. 드디어 나한테도 죽는 날이 다가온 모양이야."

골골거리는 노인의 목소리로 에벤에셀이 말했다.

"내가 죽으면 내 삼천열일곱 벌의 조끼에게 다정한 가족을 새로 찾아 줘야 해. 죽은 나를 매일매일 보러 와 주고. 내가 수집한 보라 찻잎은 세상에서 가장 예쁜 호수에 흩뿌리고."

생일까지 3일이 남은 지금, 에벤에셀의 상태는 말이 아니었다. 기력이라고는 없이, 몸은 뼈만 남아 앙상하고 숨 쉬는 것조차 고된 듯했다. 머리카락은 다 빠져 대머리가 됐고, 눈빛은 아득히 흐리고, 피부는 말린 자두보다 더 쪼글쪼글했다.

베서니와 에벤에셀이 서로를 알게 된 지 정확히 1년 만이었다. 죽었다 깨어나도 말하지 않을 셈이지만, 베서니는 에벤에셀이 없는 삶을 감히 상상조차 할 수가 없었다.

"그때까지 살 수 있을 게 분명하니까 걱정 마요, 멍텅구리 아저씨. 지금까지의 생일에도 늘 살아남았잖아요."

베서니는 에벤에셀을 부축해 15층짜리 집의 많고 많은 계단을 올랐다. 한 층 한 층 오를 때마다 난간 너머로 값을 매길 수 없을 만큼 비싼 그림들과 기분이 좋아지는 장식품, 성능 좋은 장비, 손님들이 감탄을 내뱉으며 부러워하는 진귀한 물건들이 보였다.

"몇 층만 더 오르면 돼요."

어느 모퉁이를 유난히 힘들게 도느라 숨을 몰아쉬며, 베서니는 에벤에셀을 다독였다. 그렇게 15층까지 올라가는 것만으로도 힘든데, 에벤에셀이 자기 모습이 어딘가에 비쳐 보일 때마다 울음을 터뜨리는 바람에 더욱 힘들었다.

13층에서 에벤에셀의 약 선반으로 가 약병을 챙긴 뒤, 남은 계단을 마저 올라 삐걱거리는 15층 다락방에 이르렀다.

방 앞에서 잠시 멈추어 서는 베서니를 보고, 에벤에셀이 숨 넘어갈 듯이 헐떡이며 물었다.

"아직도 들어가기 전에는 떨리지?"

"아뇨, 떨리기는 무슨!"

거짓말이었다. 베서니는 큰 숨을 쉬며 힘을 낸 뒤, 축축한 양배추 냄새를 풍기는 옥탑방으로 들어갔다. 이곳은 옥탑방 대신 묘지라 불러도 좋을 것이다. 괴물이 수많은 동물을 씨가 마르도록 잡아먹은 장소이니 말이다.

방 안에 있는 물건이라고는 빨간 벨벳 커튼과 수업용 필기판 정도가 다였다. 필기판에는 '사람 잡아먹기 금지', '범죄 계획하기 금지', '망치 토하기 금지', '푸들과 우체부는 간식 아님.' 같은 가르침이 적혀 있었다.

베서니는 에벤에셀이 잠시 혼자 지팡이로 버티도록 둔 채 앞으로 나섰다. 빨간 벨벳 커튼의 금빛 수술을 잡아당기자…… 괴물이 모습을 드러냈다.

희번덕거리는 눈 세 개, 뱀의 혀처럼 갈라진 혀 두 개, 지독하고 고약한 성질머리는 덤인 커다란 회색 덩어리 괴물. 스스로 토해 낸 세 알 안경을 턱하니 쓴 괴물은 읽기 숙제를 한 장 한 장 읽고 있었다.

"그렇지 않아도 기다리고 있었어. 혼자서만 지내는 게 '상당히' 심심해져서 말이야. 나, 자랑할 게 있어. 또 무엇을 토해 내야 세상이 더 좋아질지가 생각났어. 첫째, 죽은 푸들들의 영혼을 추모하는 공원 벤치. 둘째……."

베서니가 괴물의 말을 싹둑 끊었다.

"푸들 추모 벤치는 됐어, 이 삶은 양배추야. 네가 그보다 먼저 도와야 할 사람이 있어."

괴물은 기분이 몹시 상했다. '구토로 좋은 세상 만들기'를 실천하려고 얼마나 머리를 굴렸는데, 단칼에 무시당했으니 말이다. 하지만 에벤에셀을 보고 놀란 괴물의 눈이 순식간에 휘둥그레졌다. 세 알 안경은 부서져 가루가 되었고.

"허, 이럴 수가! 너, 그 꼴이 뭐야. 부엌에서 몇 백 년 묵은 감자 같잖아. 벌써 생일이 돌아왔어? 네가 몇 살이지? 열다섯? 열여섯?"

"513살."

퉁명스럽게 대답한 에벤에셀은 베서니의 배낭에서 약병을 꺼내 괴물에게 내밀었다.

"이걸 얼마나 마셔야 하는지 알려 줘. 303살 생일 때 같은 사고는 또 겪고 싶지 않아."

"아아, 네가 이 약을 너무 많이 마셔서 아기가 된 해 말이지? 으으, 생각만 해도 진저리나. 특히 네 기저귀를 갈 때마다 고생한 거 생각하면……."

"네가 나한테 입힌 아기 옷이 얼마나 흉했나 생각하면 기저귀 갈기 따위는 아무것도 아니었어."

에벤에셀은 어깨를 으쓱하고는 물었다.

"자, 얼마나 마셔야 해?"

괴물은 세 눈을 감고 침이 흐르는 입을 다물었다. 바다처럼 깊은 콧노래를 흥얼거리고 볼썽사납게 몸을 씰룩거렸다. 그러다 눈을 번쩍 뜨고 입을 쩍 벌리더니…… 곰 인형의 소풍에나 어울릴 만한 조그만 컵을 토해 냈다.

"애걔. 이만큼 마셔서는 어림도 없을걸. 에벤에셀의 상태가 얼마나 심각한지를 좀 봐!"

베서니의 말에 에벤에셀도 맞장구쳤다.

"그래, 양이 너무 적은 것 같은데."

"참 나, 내 구토를 나보다 더 잘 안다고 주장하는 거야, 어이없게? 이 컵만큼 마시면 딱 맞는다니까!"

에벤에셀이 괴물과 조그만 컵을 번갈아 보며 망설이는 사이에 에벤에셀의 흰머리가 또 한 움큼 두피에서 떨어져 나갔다. 에벤에셀은 그 컵에 약을 부어 꿀꺽 마셨다.

잠시 기다려도 아무 일도 일어나지 않았다.

"내가 부족하다고 그랬……."

베서니가 이 말을 끝맺기 전에 에벤에셀이 걷잡을 수 없이 기침을 하기 시작했다.

기침 한 번에 몇 년씩 젊어지듯, 에벤에셀은 빠르게 변했다. 두피에서 반짝이는 별자리처럼 금빛 머리가 다발로 솟아나고, 주름은 칠판 글씨 지워지듯 말끔히 사라지고, 뼈도 다시 단단해져 팔팔한 미어캣처럼 허리가 꼿꼿해졌다.

재킷 주머니에 늘 넣어 두는 거울을 꺼내어 얼굴을 확인한 에벤에셀은 젊어진 자신의 모습에 감탄을 내뱉었다. 기분이 두둥실 떠올라, 무사마귀 가득한 괴물의 뺨에 뽀뽀를 했다. 무시무시한 이빨을 드러내면서 환하게 웃음 지은 괴물은 어깨가 으쓱해져서 말했다.

"내가 뭐랬어. 내 구토로 세상을 이롭게 한다고 했잖아."

베서니는 하나뿐인 단짝 친구가 올해 죽지 않게 되어 마음이 탁 놓였으면서도, 딱딱하게 지적했다.

"세상이 아니라 에벤에셀을 이롭게 한 거지. 그건 숙제한 걸로 안 쳐줘."

"내 구토로 아름다워지는 세상을 앞으로 더 보여 줄 거니까 기대해라, 이 콧물 덩어리야. 그리고 에벤에셀 생일 선물도 좀 일찍 주려고 해. 너도 뭔가 준비하는 거 아는데, 그게 뭐든 내 선물은 못 이길 테니까 두고 봐라."

노려보는 베서니 앞에서 콧노래를 흥얼거리고 몸을 씰룩거리던 괴물은…… 장난감만 한 열기구를 하나 토했다.

에벤에셀의 얼굴은 짓밟힌 포도알보다도 더 떨떠름해졌다. 에벤에셀이 기대한 건 새 스카프였다.

"지금 나랑 장난하자는 거야?"

13

에벤에셀의 물음에, 괴물이 답했다.

"장난? 어이가 없네! 세상에서 가장 위대한 발명품을 보고 장난이라니! 물을 주면 달라질 테니까 정원으로 가져가. 나도 곧 갈 테니까."

괴물이 이런 기분일 때는 말씨름이 소용없었다. 베서니와 에벤에셀은 조그만 열기구를 들고 계단을 뛰어 내려갔다.

괴물이 어떻게 정원으로 내려올지 궁금해진 베서니의 귓가에 온 집이 떨릴 정도로 세게 쿵쿵거리는 소리가 들렸다.

"도대체 뭔 일이지?"

정원에 다다른 베서니가 이렇게 말하자, 괴물과 오래 살아 그게 무슨 소리인지 알아들은 에벤에셀이 몸을 흠칫 떨었다.

"도움닫기를 하는 모양이야. 내가 잘못 들은 게 아니라면 괴물은 아마 뛰어서……."

에벤에셀의 말끝을 삼킨 것은 콘크리트와 유리창이 산산조각으로 부서지는 소리였다. 다락방 뒤편 벽을 뚫고 튀어나온 괴물이 포탄 모양 유성처럼 정원 한가운데로, 베서니와 에벤에셀의 코앞에 떨어졌다.

"아악, 내가 몇 백 년 들여 가꾼 잔디를……."

속상해하는 에벤에셀에게 괴물은 말했다.

"내가 새 잔디를 토해 주면 되잖아."

괴물은 뛰어내릴 때 땅에 처박혀 버린 거대한 몸을 혀로 끌어올렸다.

"열기구는 어디 갔어? 물 주라고 했잖아!"

베서니가 그 조그만 풍선을 땅에 내려놓자, 에벤에셀이 물 뿌리개로 조심스럽게 물을 주었다.

"뒤로 물러나는 게 좋을 거야, 에벤에셀."

여전히 숨을 몰아쉬며 괴물이 말했다.

"나는? 나도 물러설……."

베서니가 다 묻기도 전에 조그맣던 열기구 집이 한순간 실제 집만 하게 커졌다. 팅겨 나간 베서니는 뒤로 나동그라져, 에벤에셀 동상처럼 손질된 딸기나무 잎 사이에 파묻혔다.

괴물은 킬킬 웃으면서 열기구 집으로 뒤뚱뒤뚱 다가갔다. 조금도 웃지 않는 베서니를 에벤에셀이 손잡아 일으켜 주었다. 베서니는 종일 화를 풀지 않을 작정이었지만 그 커다란 열기구 집 안으로 들어가 배낭을 벗는 순간, 감탄을 하지 않을 수 없었다.

열기구 집은 여러 층으로 이루어진 건물이나 다름없었다. 그 속의 방 하나하나가 에벤에셀의 취향에 꼭 맞았다. 에벤에셀이 좋아하는 보랏빛 차가 가득 마련된 찻잎의 방부터, 발 마사지 훈련을 받은 슬리퍼들이 갖춰진 신발의 방까지. 게다가

다양한 작동 버튼이 달린 찻주전자로 날아가는 속도와 방향을 조종하는 집이었다. 찻주전자에서는 물 끓는 소리도 났다.

커다란 자기 방에서 머리를 쏙 내민 괴물이 말했다.

"인정해, 이 정도면 세상을 더 좋게 만든 거라고!"

베서니는 고집을 부렸다.

"아니, 에벤에셀의 인생을 더 좋게 만들어 준 거지, 세상에 도움이 된 건 아니지."

"그 주전자로 물 끓여 봐. 그때도 그렇게 생각하는지 보자."

괴물의 제안에, 베서니는 주전자를 뚫어지게 살펴보다 물 끓이기 버튼을 찾았다. 지금은 '냉차'라고 되어 있어서, 베서니는 '따끈한 차'로 온도를 올렸다.

주전자의 주둥이에서 김이 푹푹 올라오더니 천천히, 아주 천천히 열기구 집이 떠오르기 시작했다. 괴물이 킬킬거리며 느끼하게 웃었다. 베서니도 하핫 하고 웃음이 튀어나오는 걸 참을 수 없었다.

하지만 에벤에셀은 그리 즐거운 기분이 아니었다. 점점 더 높이 하늘로 떠오르는 열기구 집 전망대에서 밖을 살피다가 이상한 것을 보았기 때문이다.

아스팔트처럼 까만 깃털과 새빨간 눈을 지닌 까마귀가 열기구 집을 향해 돌진하듯 날아오고 있었다.

17

2. 괴물의 열기구 집

에벤에셀은 이 까마귀를 최근에 몇 번 본 적이 있었다. 볼 때마다 으스스했다. 어쩐지…… 기분 나빴다.

에벤에셀은 서둘러 베서니에게도 보여 주려 했지만 베서니는 열기구 집이 동네 굴뚝들을 박살 내지 못하게 막느라 정신이 없었다. (그러나 막지는 못했다.)

괴물은 베서니를 타박했다.

"주전자 주둥이를 움직여서 방향을 조절하면 되는데 뭘 그리 쩔쩔매. 어린애도 할 수 있겠다!"

"나도 어린애거든! 처음부터 방법을 말해 줬으면 됐잖아."

베서니는 투덜거리면서 굴뚝 하나를 더 피한 뒤, 에벤에셀을 바라보았다.

"왜 그래요, 멍텅구리 아저씨?"

"이리 와서 이것 좀 봐!"

"세계 최고 구토 전문가인 나는 안 봐도 돼?"

괴물의 물음에, 에벤에셀은 대답했다.

"아니…… 그냥 베서니만 봐도 될 것 같아."

괴물은 불만스러운 소리를 냈고, 베서니는 '따끈한 차'에서 '펄펄 끓음'으로 주전자 온도를 높였다. 열기구 집이 휙 위로 솟아, 동네의 지붕들에서 멀어졌다.

베서니가 내다보았을 때는 그 까마귀가 사라진 뒤였다. 화를 내며 정강이를 걷어찰 줄 알았던 베서니가 눈을 휘둥그렇게 뜨며 얼굴이 밝아졌다.

"이걸 놓칠 뻔했네. 우아, 경치 좋다. 동네를 이렇게 내려다보는 건 클로뎃이랑 같이 날아다니던 때가 마지막이었어요."

클로뎃은 윈틀로리아 숲에 사는, 가슴에 자줏빛 깃털이 난 앵무새였다. 이 동네에서 함께했던 기억을 모두 잃고 윈틀로리아 숲으로 돌아갔지만, 베서니는 클로뎃과 쌓은 우정을 기억했다. 클로뎃을 떠올리면 슬픔이 밀려들었다.

베서니는 부모의 진짜 정체를 알게 됐을 때도 클로뎃에게 가장 이야기하고 싶었다. 이 동네에서 에벤에셀과 함께 한 착한 일들도 클로뎃이 알면 자랑스러워할 텐데, 하는 생각이 들었다.

"동네 경치를 보라고 부른 게 아니야. 아까 수상한 새 한 마리가 있었거든. 우리 열기구 집을 이상한 눈길로 쳐다보는 것 같았어."

내 곁에 클로뎃은 없지만 에벤에셀은 있네, 하는 생각에 베서니는 미소를 지었다.

"뭐, 지금은 안 보이는데요. 까마귀가 좀 이상하다고 해서 걱정할 필요 있어요?"

그때 베서니는 저 아래에서 손을 흔들어 인사하는 누군가를 발견했다. '냉차'로 낮추어 내려가니 누구인지 보였다. 다름 아닌 에드워드 버나클이 손 흔들고 있음을 깨달은 순간, 베서니는 열기구 집을 괜히 하강시켰다며 후회했다.

에드워드는 자만심이 크고 콧구멍은 더 커다란 거만한 남자아이였다. 얼마 전에 스스로 마을 경비대를 꾸리고는 대장 역할을 맡았다. 그 역할에 아주 진지하게 임하는 에드워드가 콧소리 가득한 목소리로 소리쳤다.

"나를 포함한 마을 경비대의 요구에 따라, 열기구 집 내부 조사를 좀 할게. 동네에서 물건이 많이 분실됐거든. 우리 엄마의 두 번째로 좋은 청진기도 없어졌어. 열기구 집 안에 훔친 물건이 없는지 봐야겠어."

20

길 위를 떠가는 열기구 집에서, 베서니는 소리쳐 답했다.

"아, 그래? 나머지 '마을 경비대'는 도대체 어디에 있는데?"

에드워드는 의기양양하게 콧구멍을 벌렁거리더니 뒷주머니에서 호루라기를 꺼내 세 번 불었다.

첫 번째로 불었을 때는 도마뱀 여인 바버라가 근처 나무 뒤에서 튀어나왔다. 두 번째로 불었을 때는 우체부 파울로가 가로등 뒤에서 고개를 내밀었다. 세 번째로 불었을 때는 어느 차 밑에서 기어 나온 친숙한 얼굴에 베서니가 깜짝 놀랐다.

"제프리?"

베서니는 얼른 스웨터 겨드랑이 쪽의 냄새를 확인했다.

"에드워드랑 여기서 뭐 해?"

"어, 앗, 안녕!"

제프리는 손을 흔들려다 차 범퍼에 손을 부딪치고 말았다.

"응. 에드워드가 함께하자는데, 내가 거절을 좀 못 해서."

"제프리, 내가 전에 지시했잖아. 수상한 사람 탐문은 나한테 맡기라고!"

이렇게 말한 에드워드는 다시 베서니를 보았다.

"너희의 수상한 열기구 집 이야기를 계속할까? 우리한테는 경찰에 신고할 권력이 있다는 걸 알아 둬."

베서니는 받아쳤다.

"누구나 경찰에 신고할 수 있어, 이 쪼다. 나는 네가 하는 일이라면 뭐든 사양이야. 돈을 줘도 같이 안 해."

에드워드가 코를 높이 들며 말했다.

"오히려 고마운걸. 너는 어차피 경비대에 들어올 수 없어. 어울리는 인재가 아니야."

베서니가 제프리에게 말했다.

"거기는 내팽개치고 우리 열기구 집으로 올래?"

제프리는 너무 좋아서 차 밑에서 기어 나오다가 머리를 두 번이나 찧었다. 에벤에셀이 제프리에게 밧줄 사다리를 내려 준 뒤, 올라오는 것을 도와주었다.

에드워드는 콧구멍 벌렁거리는 속도가 눈에 띌 정도로 의기소침해진 채 외쳤다.

"시민의 의무를 저버리는 거야, 제프리? 동료 경비 대원들을 버리고 가면 안 되지!"

"돼! 제프리는 내 남자 친구니까."

베서니는 '남'으로 시작되는 단어 때문에 조금 구역질을 한 뒤 이어 말했다.

"너는 안 돼. 열기구 집에 초대받을 만한 인재가 아니거든."

"그래, 실컷 약 올려 봐. 그래 봤자 절대로 우리의 날카로운 감시망에서 벗어날 수 없어! 너희가 어딜 가든 우리는……."

"시끄러워. 에드워드, 잘 들어. 당장 꺼…… 꺼…… 사라져 버려!"

베서니는 이번에도 '꺼'로 시작되는 말을 내뱉는 데 실패하자 얼굴을 구겼다.

"당장 꺼…… 아냐, 됐어."

베서니는 그만 애쓰기로 했다. 에벤에셀은 열기구 집 주전자의 온도를 '아뜨뜨, 혀 댈 정도'로 올렸다.

열기구 집 안에 들어온 제프리는 그 속의 모든 것이 신기해서 더듬더듬 감탄을 내뱉었다.

"와…… 와…… 이건 말도 안 돼."

자기 방에서 고개를 쑥 내민 괴물이 화난 얼굴로 제프리를 보았다.

"말도 안 되다니! 근사하고 아름다운 거지!"

괴물이 사나운 이빨을 잔뜩 드러내며 베서니에게 비웃음을 보냈다.

"네가 아무리 노력해 봐라, 이것보다 더 좋은 선물을 준비할 수 있는지. 보나 마나 내가 이겨."

열기구 집이 대단하기는 했지만 베서니는 자기 선물이, 자기가 준비하는 깜짝 파티가 더 대단하리라고 믿었다. 제프리를 한쪽으로 부른 베서니는 파티에서 할 공연을 연습하고 있는지 물었다.

"앗, 어, 응. 연습하고 있어. 도서관에 있는 마술 가르쳐 주는 책을 몽땅 읽었어. 내 공연 마지막은 연기와 함께 감쪽같이 사라졌다가 머들의 케이크에서 다시 나타나는 마술로 할 것 같아. 시작은 아마 카드 마술로 할 것 같고."

제프리는 뒷주머니에서 카드 한 묶음을 꺼내 어색하게 카드를 섞더니 '퀸 오브 스페이드' 카드를 자랑스럽게 들어 보이고 물었다.

"이게 당신이 뽑은 카드인가요?"

베서니는 대답했다.

"난 카드를 안 뽑았는데."

"아, 어쩐지, 뭔가 빠진 것 같더라."

제프리는 머리를 긁적거리다가 실수로 카드 묶음의 절반쯤을 열기구 집 바닥에 떨어뜨려 버렸다.

"앗, 어, 미안. 연습해서 더 잘할게."

베서니가 제프리에게 따끔하게 한마디 하려 할 때, 전망대를 내다보던 에벤에셀이 변비 걸린 닭처럼 폴짝거렸다.

"다시 왔어, 다시 왔다고!"

에벤에셀은 하늘을 가리키며 흥분했다.

"그 이상한 새가 또 나타났어!"

"하늘에 이상한 새가 얼마나 많은데요. 새 한 마리 가지고 왜 난리인지 모르겠네."

베서니는 이렇게 말하면서도 에벤에셀의 시선을 따라 그 까마귀를 보았다.

빨간 두 눈이 똑바로 이 열기구 집을 노리고 있었고, 마치 과녁 중앙으로 날아오는 다트 화살촉처럼 거침없이, 검은 날개를 퍼덕이며 날아왔다.

"좀 으스스하긴 하네."

까마귀가 점점 가까워지자 에벤에셀은 베서니를 보호하려고 앞으로 나섰지만, 베서니는 그런 에벤에셀을 옆으로 밀어버렸다. 스스로를 얼마든지 보호할 수 있었기 때문이다. 솔직히 에벤에셀이 미덥지 않았다.

베서니와 에벤에셀의 뒤에 있던 괴물은 자신의 열기구 집으로 어느 까마귀가 돌진한다는 사실에 화가 나서, 콧노래를 부르고 몸을 씰룩거리다가 하늘로 연거푸 망치를 토했다.

"망치 토하기 금지라고 했잖아! 몇 번을 가르쳐야 하냐!"

에벤에셀이 야단쳤다.

괴물이 토한 망치 중 하나가 까마귀에게 맞았다. 아스팔트처럼 까만 깃털이 조금 떨어져 나가며 드러난 것은 놀랍게도 금속으로 된 몸통이었다. 열기구 집에서 지켜보던 모두는 그

25

까마귀가 그리 기분 나쁘게 보인 이유를 깨달았다.

동물이 아니었다.

기계였다.

로봇 까마귀의 한쪽 눈이 이상하게 움직였을 때, 베서니는
무언가를 알아챘다.

"눈이 아니야! 카메라야! 누가 카메라로 우릴 감시하는 거
라고!"

베서니는 괴물에게로 돌아섰다.

"괴물 네가 꾸민 짓이기만 해
봐. 목을 졸라 버릴 거야."

"조를 수 있으면 조르든지. 나
는 모르는 일이야. 참 나, 너희를
가까이에서 보는 것도 지긋지긋
한데 뭐 하러 카메라로 감시하
겠냐."

제프리가 물음을 던졌다.

"그럼, 누가 그런 거지?"

그때 마치 고장이 난 듯,
까마귀가 공중에서 이리저리
흔들렸다.

"안 되겠네! 내 다리 붙들어 봐요, 멍텅구리 아저씨!"

베서니는 열기구 집 가장자리에서 뛰어내렸다.

"베서니!"

에벤에셀이 이렇게 소리치며 베서니의 다리 하나를 잡았고, 제프리는 발끝으로 서서 겨우 다른 쪽 다리를 잡았다.

"왜 이렇게 조심성이 없냐, 베서니! 무사히 올라오고 나면 혼날 줄 알아!"

에벤에셀이 열기구 집 바깥에 대롱대롱 매달린 베서니에게 외쳤다. 베서니는 두 팔을 뻗어 까마귀를 붙들었고, 에벤에셀과 제프리가 있는 힘을 다해서 베서니를 열기구 집으로 끌어 올렸다. 베서니는 뒤구르기를 하며 열기구 집의 실내에 안착했고, 고장이 나서 움찔거리는 까마귀는 바닥을 통통 튀며 가로질렀다. 베서니는 앞구르기로 까마귀를 쫓아갔다.

까마귀의 머리는 절반만 깃털에 덮여 있었다. 하지만 베서니의 눈길을 사로잡은 것은 까마귀의 발톱이었다. 거기에 거미줄 같은 금빛 글자로 엄마의 이름이 새겨져 있었기 때문이다.

제 . 미 . 마 .

3. 장난꾸러기의 비행

작은 단어 하나가 누군가의 세상에 얼마나 많은 두려움을
불러일으킬 수 있는지 모른다. 엄마 이름을 보고 또 보면서,
베서니는 부모가 저지른 범죄가 하나하나 다시금 떠올랐다.

서류에서 읽은 바에 따르면, 오거스터스와 제미마는 도리
언 다이아몬드를 훔치다가 만났다. 그 뒤로 두 사람은 손발을
맞추어 뻔뻔하고도 특이한 범죄를 잇달아 저질렀다.

은행 금괴를 훔쳐 간 빈자리에는 막대 초콜릿을 채워 두었
고, 유괴한 아이가 하필이면 노르웨이의 왕위 계승 서열 세
번째였던 적도 있었다.

이탈리아의 모든 아이스크림 가게에서 민트 초콜릿 맛 아
이스크림만 훔치기도 했다.

하지만 베서니의 마음에 가장 선명하게 자리 잡은 것은 두 사람 모두가 목숨을 잃은 화재 사건이 일어난 밤에 저지른 일이었다. 미술관에서 그림을 훔치려다가 호러스라는 주름투성이 붉은 얼굴의 경비원을 죽인 일 말이다.

호러스라는 이름은 베서니의 머릿속에 나쁜 문신처럼 남았다. 살인자들의 아이라는 사실이 너무 싫었다. 제미마라는 이름을 다시 보니 베서니는 분노로 피가 끓는 것 같았다.

"이건 정말 고약한 장난이야."

콘크리트로 만든 샌드위치보다 더 삭막한 목소리로 말한 베서니는 열기구 집 안의 모두에게 까마귀를 들어 보였다. 그러고는 괴물을 노려보았다.

"나 뭐? 왜 나를 쳐다봐! 내가 널 괴롭히려고 마음먹었으면 고작 그깟 걸 토했겠어? 훨씬 고약한 걸 토했지."

괴물이 반발했다. 베서니의 손에 들린 까마귀는 고장으로 꿈틀거렸다. 까마귀의 부리에서 울음소리가 났다.

"오…… 오오…… 오오……."

놀란 베서니는 까마귀를 떨어뜨렸고 까마귀는 꽝 소리를 내며 바닥에 부딪혔다.

"거어스…… 거어스…… 거어스."

"왜 저런 소릴 내지?"

에벤에셀의 물음에 제프리가 이어 말했다.

"으아, 갑자기 우릴 괴롭히거나 하는 건 아니겠죠?"

"터어스…… 터어스…… 터어스. 오오…… 거어스…… 터어스……."

에벤에셀은 단정한 머리를 긁으며 말했다.

"오오, 거어스, 터어스? 도대체 무슨 뜻이야?"

"말이 아니에요, 멍텅구리 아저씨. 이름이에요."

베서니는 말했다. 까마귀는 두 날개를 펴 몸을 지탱하더니, 두 발로 서서 내뱉었다.

"오거스터스으으!"

빨간 두 카메라 눈이 번뜩 살아났다.

"오거스터스으으는 어디에에에 있어어어어?"

절반은 금속으로 절반은 깃털로 된 몸으로 폴짝폴짝 뛰어, 까마귀는 베서니에게 다가왔다. 까마귀는 베서니, 에벤에셀, 괴물, 제프리까지 확인했다.

"너희느으으은 오거스터스가아아아 아니야아아아아아!"

까마귀가 갑자기 날아오르더니 열기구 밖으로 나가 사라졌다. 베서니는 주전자로 달려가 황급히 고도를 낮추며 말했다.

"우린 저만큼 빨리 내려가지 못해. 까마귀가 도망치겠어!"

제프리는 벌벌 떨며 말했다.

"그냥 도망가게 두면 어떨까?"

베서니가 그런 일이 일어나게 할 리 없었다. 베서니는 배낭을 메며 말했다.

"조종을 맡아요, 멍텅구리 아저씨! 그리고 이번에는 내 다리 잡아 주지 않아도 돼요!"

열기구 집 밖에 매달렸다 들어온 지 얼마나 됐다고 베서니는 또 한 번 달려 밖으로 뛰어내렸다.

"베서니? 베서니이이이이!"

에벤에셀이 소리쳤다.

"낙하산도 없잖아!"

제프리가 말했다.

베서니는 까마귀를 뒤쫓아 구름을 뚫고 하강했고, 열기구집은 그런 베서니를 뒤쫓아 하강했다. 베서니는 떨어져 죽는사람치고 놀랄 만큼 침착했다.

베서니가 배낭 양쪽에서 고리를 당기자 글라이더 날개 한쌍이 뻗어 나왔다. 괴물에게 쫓기다 죽으면 어쩌지, 하는 걱정을 떨칠 수 없던 시기에 베서니가 만들어 놓은 것이었다. 클로뎃과 닮기를 바라서 날개를 자줏빛으로 칠했다.

타는 연습도 몇 번 해 보았다. 주로 에벤에셀이 안 보는 사이에 15층 집 지붕에서 뛰어내리는 방식이었다. 하지만 무언

가를 뒤쫓기 위해 실제로 사용하는 것은 처음이었다. 놀라울 만큼 잘 작동했다.

까마귀는 베서니를 따돌리려 했지만, 베서니는 상대방의 다음 움직임을 아는 체스 전문가처럼 공중에서 이리저리 능수능란하게 움직였다.

까마귀를 붙잡으려 손을 뻗은 순간, 어딘가에서 긁히는 듯한 소리가 나서 정신이 흐트러졌다.

신경에 거슬리는 그 소리가 점점 뚜렷해져서 손가락으로 양 귓구멍을 막았더니 글라이더가 방향을 잃었다. 까마귀는 베서니를 훌쩍 따돌리고 날아갔다.

글라이더를 타고 땅으로 내려가다 보니, 베서니를 방해한

소리의 정체가 나타났다. 이웃들 괴롭게 길거리에서 즉흥 탭
댄스를 추고 있는 글로리아 쿠삭이었다.

글로리아는 베서니를 보자마자 얼굴이 환해졌다.

"아아, 나의 열혈 팬, 베서니! 세상에, 나를 보겠다고 하늘
에서 내려오기까지 하다니!"

멈추지 않는 탭댄스 신발에서 계속 소음을 내며 글로리아
가 선심 쓰듯 물었다.

"내가 글라이더에다가 사인해 줄까?"

"저리 비켜!"

하강하는 글라이더가 글로리아와 부딪힐 것 같아, 베서니
가 소리쳤다. 글로리아는 그저 너그러운 포옹을 제안하듯 두

팔을 벌릴 뿐이었고, 글라이더의 방향을 바꾸기에는 이미 늦은 상황이었다. 결국 베서니가 글로리아의 품으로 추락하고, 둘은 함께 길 위를 데굴데굴 굴렀다.

"우아, 대단해. 이 멋진 글로리아를 보기 위해서라면 넌 어떤 일이든 하는구나."

정신을 차리고 일어서자마자 글로리아가 말했다. 글로리아는 높다란 정장 모자에서 〈글로리아 신문〉 최신 호를 꺼냈다.

"좋은 소식이 있어! 한결같은 너의 친절함이 고마워서, 내가 크게 보답하기로 했거든. 이걸 봐!"

글로리아가 베서니의 두 눈 사이에 신문을 들이밀었다.

세계적으로 사랑받는 스타 글로리아!
에벤에셀의 생일 축하 파티에서
중요한 공연을 맡다.
- 기쁨으로 설레는 팬들

"너한테 공연을 부탁한 적도 없는데 왜 이래."

"없지. 나처럼 눈부신 위상을 지닌 스타는 생일 파티에서 공연할 만큼 한가하지 않다고 생각했을 테니까. 하지만 그 공연을 할 수 있도록 일정을 다 비웠단다. 아, 조금 나쁜 소식도 있어. 나의 무대를 멋지게 꾸며 주는 소품 일부가 감쪽같이 없어져 버렸다는 거야. 에드워드 말로는 같은 날 밤에 버나클 박사님의 두 번째로 좋은 청진기도 없어졌다던데."

글로리아의 일정에도 청진기에도, 글로리아가 말하는 그 어떤 것에도 관심이 없는 베서니는 그저 달아나는 까마귀를 눈으로 따라가기에 바빴다.

"알겠지? 이제 이 멋지고 사랑스러운 글로리아에게 고맙다고 해야겠지?"

"꺼…… 꺼…… 꿈도 꾸지 마. 에벤에셀 생일 파티에 네 공연은 없어."

믿을 수 없다는 듯이 씩씩거리는 글로리아를 내버려두고, 베서니는 길을 막는 사람들에게 "비켜요, 비켜!" 하고 소리 지르며 까마귀를 쫓아 달렸다. 베서니를 뒤따라 날던 열기구 집에서 에벤에셀이 밧줄 사다리를 늘어뜨렸다. 베서니는 내려온 사다리를 붙들어, 열기구 집에 매달려 이동했다.

까마귀가 이미 한참을 따돌렸어도, 까마귀의 움직임이 온전하지 못해 승산이 있었다. 도서관 뒤편 골목에서 이리저리 흔들리던 까마귀는 복면을 쓴 한 남자의 손에 붙들렸다. 남자는 까마귀를 손에 쥔 채 다른 골목을 향해 질주했다.

에벤에셀은 열기구 집을 도서관 지붕에 멈춰 세워 두었다.

그 사이에 밧줄 사다리를 놓고 뛰어내린 베서니는 복면 쓴 남자를 뒤쫓아 달렸다. 에벤에셀과 제프리도 밧줄 사다리를 타고 내려가 베서니를 뒤따랐다.

"난 뭘 할까?"

이렇게 묻는 괴물에게 에벤에셀이 대답했다.

"열기구 집을 지켜!"

"집이나 지키라고? 우주 최고로 강력한 존재한테 그러기야?"

"우주 최고로 강력한 집 지킴이 하면 되잖아."

에벤에셀과 제프리는 베서니가 뛰어간 골목으로 뒤따라 들어섰다. 함께 뛰던 세 사람은 길이 네 갈래로 갈라지는 곳에서 멈추어 섰다.

"아, 엇, 셋이 한 길로 가면 좋겠어."

제프리의 떨리는 제안에, 베서니는 말했다.

"그건 아냐. 갈라지자. 까마귀 주인을 먼저 찾는 사람이 크게 소리치기야!"

걸음아 나 살려라 하고 달아나 본 일이 많아서 바람처럼 빨라진 두 다리로 베서니는 달렸다. 이내 골목길 바닥에 까마귀의 깃털이 줄지어 떨어져 있는 것을 보니 그 길이 맞는 모양이었다. 막다른 길이었다.

"여기야!"

에벤에셀과 제프리가 듣기를 바라며 베서니가 소리쳤다.

땅에 깃털 말고도 무언가가 버려져 있었는데, 남자가 썼던 복면이었다. 베서니는 경계하며 바지 뒷주머니에 손을 넣어, 든든한 새총을 꺼냈다.

에벤에셀과 제프리가 어서 뒤따라오기를 바라면서 점점 더 길 안쪽으로 들어가다 보니 한 손에는 리모컨을, 다른 손에는 꿈틀거리는 까마귀를 쥔 남자의 뒷모습이 보였다.

베서니가 말했다.

"손 들고 돌아서. 천천히. 나한텐 끔찍하게 잔인한 무기가 있고, 기꺼이 그 무기를 쓸 거야."

남자는 두 손을 공중으로 들어 올리고 천천히 뒤돌아섰다. 콧수염이 절반뿐인, 수치심에 물든 그 남자의 얼굴도 천천히 드러났다.

얼굴을 보고 놀란 베서니는 새총을 떨어뜨리고 말았다.

"잘 있었니, 딸아."

그 남자, 오거스터스가 말했다.

4. 죽지 않은 아빠

베서니의 눈앞에 서 있는 것은 귀신이 분명했다.

아니, 단순한 귀신이 아니었다.

베서니의 뇌를 집어삼키겠다는 목적으로 무덤에서 기어 나온 좀비가 분명했다.

"아니…… 아니…… 죽었잖아요!"

베서니는 말했다. 베서니의 짧은 삶이 지금 축으로 빙글빙 글 돌았다. 아빠가 눈앞에, 그것도 살아서 서 있다는 것을 믿 을 수가 없었다.

"아이고, 좀 더 괜찮은 분위기에서 인사하고 싶었는데 말 이야."

오거스터스는 주변에 쓰레기통이 많은 게 유감인 것처럼

착잡한 표정을 지었다.

베서니는 아빠를 위아래로 살펴보았다. 피곤한 듯 경련하는 두 눈 아래에 컴컴한 그늘이 드리워 있고, 고급 옷은 누더기 꼴로 낡아 있었다. 베서니의 눈길이 까마귀에 닿았다.

"내 작은 발명품이야. 아빠 발명품이 많았는데, 기억하니?"

희미한 웃음을 보이며 오거스터스가 물었다. 그는 주머니에서 리모컨과 용접용 고글을 꺼내어 설명했다.

"단순하지만 쓰임새가 좋은 발명품이지. 이 고글을 쓰면 이 까마귀가 보는 곳을 어디든 볼 수 있어. 멋진 네 엄마 이름을 붙였단다."

"그걸로 날 감시했다는 말이에요? 평생 나를 따라다녔다는 거예요?"

"아이쿠, 그건 아냐. 난 네가 화재로 죽은 줄 알았어. 살아남은 걸 알았더라면 훨씬 빨리 찾으러 왔을 텐데."

오거스터스는 재킷 주머니에 손을 넣어서 기름이 잔뜩 밴 〈글로리아 신문〉을 꺼냈다. 머리기사 사진에서 꼬마 베서니가 눈을 흘기고 있었다.

"내가 자주 가는 아주 기분 나쁜 생선 튀김 가게에서 음식을 이 신문에 싸서 줬어. 네 얼굴을 본 순간 튀긴 소시지에 목이 막힐 뻔했다. 곧장 이 동네로 찾아와 그때부터 쭉 너를 지켜봤어. 정말 멋진 아이로 자랐더구나, 베서니. 못난 아빠보다 훨씬 착한 일을 많이 하는 사람이 됐어."

착한 일이라는 말에 베서니는 정신이 들었다. 그가 제미마와 함께 저지른 나쁜 짓들이 떠올라, 오거스터스에게서 한 발물러났다.

"더 빨리 오지 못해 미안하다. 한편으로는 네가 나를 당장 경찰에 신고할까 봐 걱정이 됐어. 그렇지만 너를 보니, 1초라도 더 빨리 다시 만날걸 그랬다는 후회뿐이구나. 혹시 이 지친 아빠를 안아 주기에는 너무 커 버렸니?"

오거스터스가 기다란 두 팔을 벌렸다. 베서니는 흠칫하며 소리쳤다.

"살인자!"

"베서니, 성급하게 그러지 말고, 잠깐만 기다려 주……."

베서니는 목청껏 소리를 질렀다.

"에벤에셀! 제프리!"

오거스터스는 베서니를 조용히 시키려 했지만, 베서니는 쉬지 않고 친구들의 이름을 불렀다. 뒤따라온 에벤에셀과 제프리는 곧바로 오거스터스를 알아보았다.

"아니…… 이게 무슨 조끼에 구멍 나는 것 같은 일이야?"

에벤에셀이 말했다. 제프리도 당황하기는 마찬가지였다.

"앗, 어, 앗, 어, 앗, 앗, 어, 어……."

이러고 있으라고 두 사람을 소리쳐 부른 게 아니었다. 베서니는 차라리 지렁이 한 주먹을 가져왔으면 이들보다 더 도움이 됐으리란 생각이 들었다.

"어휴, 왜 그냥 서 있어요! 경찰을 불러요! 이 인간은 감옥에 있어야 한다고요!"

놀라움과 여러 다른 감정으로 오거스터스의 표정이 일그러졌다.

"아니! 오거스터스는 절대로 감옥에 가지 않아!"

이렇게 말한 오거스터스가 까마귀의 머리를 쾅쾅 치자 빨간 눈에 다시 불이 들어왔다.

"에드워드는 경찰을 부를 수 있어!"

이렇게 말한 제프리가 뒷주머니에서 호루라기를 꺼내 세게 불었다. 베서니는 말했다.

"에드워드를 왜 불러, 답답아. 경찰은 누구나 부를 수 있어."

"앗, 어, 그래도 이런 일은 에드워드가 더 잘 해결할 거야."

제프리는 확신에 차서 호루라기를 불고, 소리치며 달려갔다.

"에드워드! 에드워드!"

까마귀가 마침내 작동 가능한 상태가 되었다. 오거스터스는 까마귀의 발톱을 제 낡아 빠진 코트 옷깃에 걸고 리모컨으로 까마귀를 날아오르게 했다. 오거스터스는 까마귀에게 매달려 하늘로 솟아올랐다.

"달아나잖아!"

에벤에셀이 소리쳤다.

"어림없어요!"

베서니가 말했다. 베서니는 에벤에셀의 팔을 잡아끌고 도서관으로 돌아가, 열기구 집으로 올라갔다. 에벤에셀은 밧줄 사다리를 끌어 올리고, 베서니는 주전자를 '우아, 세게 나오네'에 맞추었다. 열기구 집이 하늘로 솟구쳤다.

"도대체 무슨 일이야? 뭐가 어떻게 돌아가는지 나한테도 알려 주지 않으면, 안 참아."

괴물이 묻자, 뛰느라 흐트러진 모습으로 열기구 집 안으로 기어 올라온 에벤에셀이 답했다.

"베서니 아빠가 살아 있어. 이제 도망치고 있고."

"아이고 잘됐네. 내가 이로운 것을 토해 낼 기회야!"

베서니는 에벤에셀에게 오거스터스가 달아나는 방향을 소리쳐 달라고 하여, 열기구 집을 운전했다. 구름을 뚫고 건물을 획획 피하면서, 하늘 길로 오거스터스와 까마귀를 뒤쫓았다.

괴물은 뒤뚱거리며 자기 방에서 나오더니, 오거스터스가 까마귀에게 매달린 채 버둥거리며 날아가는 모습을 보고 킬킬거렸다.

"점점 따라잡고 있어!"

에벤에셀이 외치자, 괴물은 말했다.

"당연하지! 내 열기구 집이 약해 빠진 까마귀 따위보다 훨씬 강하니까. 아무래도 망치 몇 개쯤 토해 내기 딱 좋은 때 같은데."

에벤에셀은 단호하게 꾸짖었다.

"망치 토하기 금지!"

오거스터스의 무게가 버거운 까마귀가 휘청였다. 오거스터스도 공중에서 허우적거리기 시작했다. 오거스터스는 까마귀의 비행 방향을 바꾸었다.

"우리 집으로 가고 있어!"

베서니의 외침에, 괴물이 말했다.

"바보 아냐? 멍청함은 가족 내력인가."

베서니가 괴물을 노려봤다.

오거스터스는 힘이 다 떨어져 가는 까마귀를 조종하여, 15층 집 다락방 뒤편에 괴물이 뚫어 놓은 구멍으로 날아 들어갔다.

베서니가 열기구 집 입구를 그 구멍에 맞추었고, 베서니와 에벤에셀, 괴물은 오거스터스가 들어간 다락방 안으로 들어갔다.

"도대체 왜 여기로 날아 들어와요?"

베서니가 오거스터스에게 매섭게 물었다. 바닥에서 숨을 몰아쉬던 오거스터스는 말했다.

"너한테 할 얘기가 있어서 그렇지, 딸. 아빠가 다 설명할 테니까 좀 들어 줘."

그러면 안 되는 것을 알면서도 베서니는 희망을 품었다. 부모가 살인자였다는 것을 안 뒤부터 늘 궁금했다. 도대체 어떤 이유로 그렇게 극악무도한 짓을 저지르게 된 것인지.

44

"웃기시네. 당신 말을 우리가 한마디라도 믿을 거라고 생각하나 본데……."

에벤에셀의 말을 끊으며, 베서니가 오거스터스에게 말했다.

"2분 줄 테니까 설명해 봐요. 딱 2분이에요. 그리고 나를 딸이라고 부르지 마세요. 당신이 나를 그렇게 부를 권리는 그 경비원을 죽였을 때 없어졌어요."

오거스터스는 반만 남은 콧수염을 당기며 재빨리 생각하고는, 급하게 말을 쏟아 냈다.

"절대로 누군가가 죽게 될 줄은 몰랐어. 그래, 도둑이었던 것 맞아. 실력 좋은 도둑이었지. 너희 엄마랑 나는 그 어디에서든, 그 누구에게서든 원하는 것을 훔칠 수 있었어."

"아이고, 지금 자기 자랑 시간인가. 과거를 별로 후회하는 것 같지 않네."

에벤에셀이 베서니 들으라는 듯 말했다.

"그러게요. 주어진 시간을 잘 활용 못 하는 것 같네요."

"아, 그게, 우리가 얼마나 실력 좋은 도둑이었는지 얘기해야 마지막 도둑질이 왜 그렇게 엉망이 됐는지도 이해가 될 것 같아서 말했어. 그때 우린 스스로가 천하무적 같았거든. 얼마나 자신감이 넘쳤으면 어린 너까지 데려갔겠냐."

오거스터스는 베서니를 보며 이어 말했다.

"미술관에 그림을 훔치러 간 날, 우린 너도 미술관에 데려 갔어. 넌 네 엄마 배낭 속에서 내가 새로 만들어 준 뱀 장난감 을 갖고 놀았지. 그 장난감 기억나? 이름이 구불구불 박사였 는데."

"아, 나는 구불구불 박사라는 이름의 킹코브라를 잡아먹어 본 적 있어. 좀 질겼지."

자기 이야기를 하며 끼어드는 괴물에게 베서니와 에벤에 셸은 매섭게 눈치를 주었다. 베서니는 다시 오거스터스에게 로 눈길을 옮겼다.

"난 그날 밤이 하나도 기억 안 나요. 그러니까 하찮은 장난 감 따위가 생각날 리 없죠."

오거스터스는 말했다.

"그때 너는 구불구불 박사가 하찮다고 생각 안 했는데. 세 상에서 가장 근사한 장난감이라고 생각했어."

오거스터스는 베서니가 구불구불 박사를 기억 못 하는 것 이 정말로 속상한 듯했다. 베서니는 사람을 죽여 놓고 겨우 그 런 것에 서운해하는 오거스터스가 어처구니없다고 생각했다.

"그 미술관에서 그림을 훔치는 건 아주 쉬울 게 뻔했어. 새 로 만든 갈고리 총을 써 볼 만한 기회 정도로 생각했지."

오거스터스는 상처받은 목소리로 이야기를 이었다.

"감시 카메라도 없고, 탐지 레이저도 없고, 출입구도 건물 여기저기에 있고, 지키는 사람이라곤 첫 출근 한 하찮은 경비원 하나뿐이고."

베서니는 부들부들 떨면서 지적했다.

"호러스예요. 어떻게 감히 하찮다는 표현을 써요!"

오거스터스는 무거운 목소리로 말했다.

"경비원 이름을 말해 줄 필요 없어. 내가 매일 밤 베개에 머리를 댈 때, 매일 아침 눈을 뜰 때 생각하는 게 호러스니까. 하찮다고 한 건…… 너희 엄마랑 나를 당해 낼 능력이 전혀 없다는 뜻이었어."

에벤에셀은 말했다.

"점점 자기 무덤을 파네."

"그게 말이야, 호러스는 우리를 잡으려다 잡은 게 아니야. 화장실에 가는 길을 잘 몰라서 헤매다가, 운 좋게 우리를 마주친 거지. 아니다, 운이 아주아주 나빴다고 해야겠네."

오거스터스는 일어서서 다락방을 서성거리기 시작했다.

"우리는 그전까지 한 번도 붙잡힌 적이 없었거든. 그래서 그럴 땐 어떻게 해야 할지를 모르겠더라고!"

베서니가 역겹다는 표정으로 말했다.

"그래서 그 갈고리 총을 호러스한테 쐈다고요? 손전등이

47

랑 무전기밖에 안 든, 무방비 상태인 사람한테?"

오거스터스는 반쪽짜리 콧수염이 펄럭거릴 정도로 고개를 저었다.

"아니야! 네가 살아 있다는 걸 알게 된 뒤로 너한테 꼭 알려 주고 싶은 게 있었어. 그래서 까마귀를 날려 보내 얼마나 많이 지켜봤는지 몰라. 까무러치도록 나이가 많은 에벤에셀, 너무나도 강력한 괴물, 그리고 너…… 내 딸을 말이야. 결국 이렇게 만나게 됐으니까 진실을 꼭 알리고 싶어. 자신은 없지만."

에벤에셀은 얼굴을 찌푸렸다. 오거스터스는 이루 말할 수 없이 심란해 보였다.

"베서니, 나는 살인자가 아니야."

오거스터스는 그 말을 내뱉은 것만으로도 마음이 한결 가벼워진 것처럼 보였다.

"호러스는…… 네 엄마가 죽였어, 혼자서."

5. 오거스터스가 말하는 진실

베서니는 너무 더운 동시에 너무 추웠고, 땀으로 축축해지는 동시에 사막처럼 건조해지는 기분이었다. 그저 꿈 같았지만 꿈이라기에는 끔찍할 만큼 생생했다.

"당신 입에서 나오는 말을 어떻게 믿어요?"

"그날 일어난 일을 정확하게 말해 줄 수 있는 사람은 나뿐이니까!"

베서니는 설득되지 않은 얼굴이었다. 훨씬 강력한 이유가 필요한 것 같았다.

"너한테 남은 가족은 나뿐이니까! 그리고…… 그리고 또……."

오거스터스는 다락방 바닥에 다시 털썩 주저앉았다. 다 포

기해 버린 듯한 표정이었다.

  "그래, 네가 나를 믿을 이유는 없는 것 같아. 맞지? 어떻게
내 말을 믿겠냐. 너한테 나는 기억에도 남지 않은 낯선 사람
일 텐데. 내가 너였어도 안 믿었을 거야."

  에벤에셀은 말했다.

  "정확해. 내가 말해도 그 정도로 정확하게는 못 했겠어."

  괴물은 으스대며 말했다.

"내가 말했으면 할 수 있었을걸. 나는 어휘력이 아주아주 풍부하단 말이지."

"설사 내가 당신 말을 믿는다고 해도……."

베서니가 말했다. 오거스터스의 얼굴에 일순간 희망이 감돌았다.

"……호루스를 죽인 갈고리 총에 왜 당신 지문이 잔뜩 묻어 있었는데요?"

"너희 엄마가 놀라 어쩔 줄 몰라 하다가, 내가 들고 있던 갈고리 총을 뺏어 갔거든. 그런 짓을 하고 나서 네 엄마는 몸을 벌벌 떨고 말도 제대로 못 하고, 걸음도 제대로 못 걸었어. 내가 너랑 네 엄마를 업고 겨우 미술관에서 나왔어."

오거스터스는 베서니가 꼭 믿어 주기를 바라는 간절함이 담긴 눈빛으로 말했다.

"집에 오면 네 엄마가 나아질 줄 알았는데, 죄책감 때문에 미칠 듯이 괴로워하더라고. 내가 네 기저귀를 가는 사이에 네 엄마가 우유를 데웠는데, 그때 뭔가가 잘못됐어. 부엌에서 불이 난 거야. 나는 타는 소리를 듣고 달려갔지만, 이미 늦어서 네 엄마를 구할 수가 없었어. 너라도 구하려고 달려갔는데, 그때 집이 폭발해서 내 몸이 집 밖으로 날아갔어."

베서니는 거짓말인지 참말인지 알 수가 없어서 오거스터

스를 빤히 쳐다보았다. 에벤에셀은 베서니가 어떻게 받아들일지 몰라 베서니를 빤히 쳐다보았다.

"그런 뒤 얼마나 시간이 지났는지 모르겠지만, 정신을 차려 보니 우리 집…… 우리 셋이 함께 지은 그 집이 몽땅 재가 되어 있었어. 내 콧수염의 더 잘난 반쪽 부분도."

오거스터스는 콧수염이 없는 쪽 얼굴을 서글프게 만졌다.

"나는 너도 죽었다고 생각했어. 그래서 사이렌 소리를 듣자마자 달아났지. 내가 가진 모든 것…… 내가 사랑한 모든 것…… 단 하룻밤 사이에 사라져 버렸어. 우리 집이 사라진 폐허를 보니 내가 살면서 한 모든 선택의 대가라는 생각이 들었어."

오거스터스가 하는 모든 말이 베서니가 듣고 싶었던 말들이었다. 베서니는 쥐덫 속 치즈를 참지 못하고 갉아 먹는 배고픈 생쥐가 된 기분이었다.

"그래서 죽을 때까지 세상과 동떨어져서 살기로 마음먹었지. 그날 이후로는 막대 사탕 정도밖에는 훔친 적이 없어. 세상에 있는 듯 없는 듯 살았지. 그날의 불이 집만 태운 게 아니라 희망도 다 태워 버린 줄 알았는데…… 어느 날 네 사진을 본 거야."

오거스터스가 눈을 들어 베서니를 보았다. 오거스터스의

눈에 진실한 기쁨의 눈물이 차올랐다.

"훌쩍 자란 네가 엄마를 너무 닮아서, 꼭 너와 네 엄마, 둘다 다시 찾은 기분이 들었어. 그리고 네가 어떻게 사는지 지켜보다 보니, 네가 이 동네를 위해 좋은 일을 정말로 많이 하더라. 그 모습에 나도 너처럼 더 나은 사람이 될 수는 없을까, 너한테 한 수 배울 수는 없을까 하고 생각했지."

에벤에셀의 표정이 갈수록 커다랗고 떨떠름한 말린 자두 같아졌다.

"아니, 이 사람이 장난치나! 베서니가 다시 당신을 받아 줄 거라고 생각하쇼? 그렇다면 제정신이 아닌 거야! 선인장을 사랑하는 풍선보다 더 제정신이 아닌 거라고!"

괴물은 말했다.

"그냥 이 인간을 잡아먹자. '인생의 문제를 먹어 없앨 수는 없다'는 속담이 있던데, 완전히 틀린 속담이야."

오거스터스는 콧수염을 벌벌 떨며 절박한 눈으로 베서니를 보았다. 베서니는 자기도 무슨 말이 나올지 모르는 채 입을 열었다. 하지만 말을 뱉을 틈 없이, 커다란 소리가 집 안에 울렸다.

처음에 베서니는 괴물이 '굳이 지금' 종을 울린 줄 알았다. 하지만 더 들어 보니 현관문에서 올라오는 소리였다.

"제프리가 경찰을 데려왔나 보다! 여기서 이러지 말고 경찰에 넘기자!"

에벤에셀의 말에 오거스터스는 훌쩍였고, 반쪽짜리 콧수염이 또 떨렸다.

베서니는 오거스터스를 아래위로 훑어보았다. 에벤에셀은 숨을 죽였다.

"그래야겠어요."

베서니가 말했다. 자신감은 없는 목소리였다. 에벤에셀은 베서니의 결정에 안도했다. 재주넘기하고 싶은 걸 겨우겨우 참았다.

"안 돼! 오거스터스는 절대 감옥에 가지 않아!"

이렇게 말한 오거스터스는 달아날 구멍을 찾느라 정신없이 눈동자를 굴렸다.

에벤에셀이 말했다.

"둘 중 하나를 골라. 순순히 우릴 따라 경찰에게 가거나, 괴물에게 잡아먹히거나."

괴물은 말했다.

"가지 말지. 나 배고파 죽겠으니까."

오거스터스는 더 훌쩍였고, 에벤에셀이 그런 오거스터스를 이끌고 층층이 계단을 내려갔다. 베서니는 그 뒤를 따라갔다. 모두가 1층에 이르렀을 때, 귀에 익은 콧소리가 들렸다.

"경찰입니다! 경찰입니다!"

에드워드가 대문 밖에서 소리쳤다.

"우리가 경찰은 아니지만, 경찰을 부를 권력이 있는 사람들입니다!"

절박하고 급해진 오거스터스가 말했다.

"나는 네가 착하다고 생각했다, 베서니. 나를 친절하게 대할 줄 알았어. 제발 이러지 마라, 딸아."

"딸이라고 부르지 말아요."

베서니가 말했고, 에벤에셀은 오거스터스를 밀어 마지막 계단을 내려가게 했다.

에드워드가 소리쳤다.

"당장 문을 열어 주지 않으면…… 뭐, 문을 부수고 들어갈 권력은 없지만, 계속 문을 두드려서 여러분을 짜증 나게 할 수는 있습니다."

"그날 밤 화재 이후로 내 인생이 어땠는지 안다면 지금 네가 나를 너무 모질게 대하고 있다는 걸 알 거야. 나도 착한 사람이 되게 해 줘. 가르쳐 줘, 제발."

에벤에셀의 손에 끌려 응접실로 가면서, 오거스터스는 간청했다.

"한 번만 기회를 줘. 그다음에는 나를 내치건 경찰을 부르건 마음대로 해도 좋아."

에벤에셀은 오거스터스가 달아나지 못하게 지켰고, 베서니는 현관문으로 천천히 걸어가며 어떻게 해야 하나 고민했다. 생각보다 더 어려운 결정이었다.

베서니가 현관문을 열자 에드워드가 제프리와 도마뱀 여인 바버라, 우체부 파울로와 나란히 서 있었다.

에드워드가 거만하게 말했다.

"나라를 위해 일하는 사람들을 기다리게 하는 건 현명한 처사가 아니야. 죄인을 붙잡았어? 그러니까…… 너희 아빠를 말이야."

거실에서 흐느끼는 소리가 들려왔다. 다행스럽게도 에드워드는 중요한 일을 한다는 생각에 취해 듣지 못했다. 에드워드가 말했다.

"내가 제프리한테서 자초지종을 듣고, 이 지역 경찰관님께 다 말씀드렸지. 처음에는 내 말을 믿지 않으셨지만 결국 내가 설득했어. 곧 네 진술을 받으러 오실 거야. 그러니까 잡았어?"

"잡다니…… 누구를?"

베서니가 물었다.

"당연히 너희 아빠 말이지!"

에드워드의 몸이 증기를 만들어 낼 수 있었다면 아마도 지금 양쪽 콧구멍에서 뿜어져 나왔을 것이다.

"베서니 너, 경찰관님 오셨을 땐 장난치지 말고 제대로 대답해. 너 때문에 내가 곤란해지기 싫으니까."

베서니의 마음이 정해진 것은 에드워드를 보고 나서였을 것이다. 갑자기 오거스터스를 경찰의 손에 넘길 수 없다는 생각이 들었다. 적어도 아직은 말이다.

"우리 아빠는 오래전에 화재 사고로 죽었잖아. 제프리가 장난을 쳤나 보다. 장난이 좀 심한 것 같긴 하지만, 꽤 웃긴다, 제프리."

제프리는 숨막히도록 예의 바른, 그 어떤 거짓말도 못 하는, 경찰과 관계된 일이라면 더욱 그러한 아이였다. 하지만 이때, 제프리는 베서니가 보낸 눈빛 하나만으로도 알아챘다. 베서니를 도와야 할 때라는 것을.

"하하하하하헤헤헤헤헤헤!"

제프리가 가짜 웃음소리를 냈다. 웃음소리라기보다 숨 막힌 염소의 울음소리 같았다.

"아이고, 그래…… 맞아. 그래…… 나는 정말로 웃기는 아이야."

에드워드는 당황하여 더듬거렸다.

"아, 아, 아니 뭐, 뭐, 뭐라고? 어떻게 그런 짓을 할 수가 있어, 제프리? 난 벌써 경찰관님께 전화했단 말이야!"

베서니는 말했다.

"그러면 또 전화해서 실수였다고 말하면 되겠네. 나라면 빨리하겠다. 이상한 일로 괜히 헛걸음하게 하면 좋아하시지 않을 텐데."

에드워드는 화가 나고 당황스러워 어쩔 줄을 모르는 표정이었다. 에드워드는 홱 돌아서서 길 건너 자기 집으로 씩씩거리며 갔고, 바버라와 파울로가 뒤를 따랐다.

제프리는 성난 에드워드를 마주하기보다는 15층 집으로 들어가고 싶은 듯 발길을 떼지 못했지만, 베서니는 문을 쾅 닫아버렸다. 도저히 이해할 수 없다는 듯한 에벤에셀의 표정을 못 본 척하고, 베서니는 자기 아버지에게로 쿵쿵쿵 걸어갔다.

"한 번이라도 허튼짓하면 감옥에 데려다 놓을 테니 그렇게 알아요."

6. 정의의 얼굴

"여기서 움직이지 말아요. 꿈틀거리지도 마세요."

베서니가 오거스터스에게 주문했다. 그러고는 한층 더 심각한 목소리로 에벤에셀에게 말했다.

"우리는 꾸미기 방에 가요."

평소였다면 에벤에셀은 좋아하는 방에 베서니와 같이 가는 것이 기뻐 꽥 소리를 질렀을 것이다. 하지만 오거스터스가 너무 신경 쓰이는 오늘 밤에는 아무 소리도 나오지 않았다.

"고맙다, 딸아. 정말 고마워."

오거스터스의 말에 베서니는 움찔했다. '고맙다'는 말을 쓰는 것도, 그 말을 듣는 것도 좋아하지 않았다.

"그 결정을 후회하지 않을 거야. 네가 나를 자랑스러워할 수 있게 할게. 약속해."

베서니는 쏘아붙였다.

"딸이라고 부르지 말라니까요. 그리고 움직이지 말라고 했는데, 입술은 왜 움직이는 거죠."

베서니가 쿵쿵거리는 걸음으로 방에서 나갔고 정신없는 에벤에셀도 따라 나갔다. 꾸미기 방을 향해 15층 집의 계단을 올라가는데, 괴물이 울리는 종소리가 들렸다.

"무시해요. 삶은 양배추가 또 괜히 우리 일에 끼어들려는 거니까."

에벤에셀은 말했다.

"지금 괴물이 중요한 게 아니야! 저 인간을 내 집에 조금이라도 더 오래 두고 싶지 않아!"

"내 집이요? 전에 '우리' 집이라고 하지 않았어요? 거짓말이었어요?"

"베서니, 그게…… 당연히 거짓말은 아니었지. 네가 지금 믹서기 안에서 빙빙 도는 스무디보다도 더 심란하다는 거 알겠는데, 나한테 화풀이하지는 마."

"내 기분을 그렇게 잘 알면 좀 도와줘요!"

"도와줄게. 나야 늘 돕고 싶어."

5층에 이르렀을 때 에벤에셀은 거울 앞으로 달려가 거울

속 자신에게 진지하게 뽀뽀를 날린 뒤 다시 베서니에게로 뛰어왔다.

"돕고 싶기 때문에 더욱 너희 아빠를 경찰에 넘기는 게 낫다고 말하는 거야. 네가 정 신고를 못 하겠으면 내가 할게."

"경찰에 신고하면 저 사람은 살인죄로 잡혀갈 거예요. 아까 얘기 들었잖아요. 갈고리 총에 저 사람 지문이 잔뜩 묻어 있었다고요. 저지르지도 않은 죄로 사람을 감옥에 보내는 일을 정말 하고 싶어요?"

"살인죄를 저지른 게 사실이면? 부모 중 한 명은 살인자가 아니라고 믿고 싶은 네 마음, 충분히 이해해. 특히나 저자는 살아 있는 부모니까 말이야. 아무리 그래도 저자의 말이 다 거짓말일 수 있다는 걸 잊어선 안 돼."

베서니는 손마디가 하얘질 정도로 세게 난간을 잡았다. 꾸미기 방까지는 세 층을 더 올라가야 했고, 괴물은 아직도 종을 울리고 있었다.

베서니가 조용한 목소리로 말했다.

"이번에만 내 뜻대로 해 주면 안 돼요? 이유는 모르겠지만, 아빠……, 아니 저 사람이 하는 말이 진짜일지도 모른다는 생각이 든단 말이에요."

베서니가 꽉 쥐었던 난간에서 손을 떼자 그 자리의 나뭇조각이 떨어져 나왔다. 베서니는 다시 계단을 올랐다. 에벤에셀은 그 뒤를 따라 오르며, 베서니가 오거스터스를 믿고 '싫어서' 믿는지도 모른다는 걱정을 조용히 곱씹었다.

그러다 소리 내어 그 걱정을 내뱉었다.

"설사 불이 난 밤에 일어난 일이 다 저자 말대로라고 해도, 다른 죄도 많이 저질렀잖아. 이러나저러나 범죄자야."

베서니가 콧방귀를 뀌고는 말했다.

"그런 말 할 수 있는 입장이 아닐 텐데요. 괴물을 먹이느라 수백 년 동안 온갖 짓을 다 했잖아요. 왜, 본인이나 제 발로 감옥에 들어가지 그래요?"

에벤에셀은 공인 줄 알고 벌집을 걷어찬 사람보다 더 많은 벌에게 쏘인 기분이 들었다. 베서니가 마음이 심란하면 괜히 화를 낸다는 것을 아니까 그냥 넘어가기로 했지만, 베서니의 마음이 좀 회복되기만 하면 이 서러움을 모두 앙갚음해 주겠다고 다짐했다.

두 사람은 꾸미기 방에 들어갔다. 베서니는 머리에 바르는 무스 통이 산처럼 쌓인 곳, 이름이 수 놓인 고급 목욕 가운이 잔뜩 걸린 곳을 쌩하니 지나쳐 얼굴용 크림을 모아 둔 곳으로 갔다.

"그거 이리 내 봐요."

베서니가 말했다. 에벤에셀의 얼굴이 환해졌다. 베서니에게 매일 피부 관리를 하는 것이 얼마나 중요한지를 알리려 몇 달째 노력했지만, 아직도 겨드랑이를 매일 씻는 습관조차 심어 주지 못했다. 그러니 이건 대단한 발전이었다.

"베서니, 나 정말 감동이다. 그런데…… 하필 지금이 촉촉한 피부를 위해 애쓰기 시작할 때가 맞는지는 모르겠네."

베서니는 에벤에셀의 정강이를 발로 찬 뒤에 말했다.

"어휴, 그게 아니라, 괴물 때문에 위험한 먹이를 구하러 갔을 때 멍텅구리 아저씨가 얼굴에 발랐다던 크림 있잖아요. 바르면 얼굴이 다르게 보인다는 크림."

"네가 그 크림을 어떻게 알아?"

"지난주에 괴물이 자랑하던데요. 여기 꾸미기 방에 숨겨 놨죠?"

에벤에셀이 시무룩한 얼굴로 크림 보관장에 손을 넣었고, 너무 빨리 파낸 코딱지의 색깔을 지닌 크림을 한 통 꺼냈다.

"이걸 오거스터스한테 주고 싶은 거구나."

에벤에셀이 투덜거리자, 베서니는 걱정이 구름처럼 드리운 얼굴로 말했다.

"그렇긴 한데, 내가 주는 게 아니라 아저씨가 줬으면 좋겠어요. 부탁 좀 해도 돼요? 미안해요. 그냥…… 나도 그게……."

베서니는 머릿속에서
꿈틀거리는 생각들을 끝
까지 말할 필요가 없었
다. 베서니와 에벤에셀은
함께한 시간 덕분에 때로
서로의 생각이 훤히 보이
는 것 같았다.

"아빠하고 다시 만난
다는 게 얼마나 기분 이
상한 일인지 알아. 걱정
하지 마. 오거스터스는
내가 상대할 테니까."

에벤에셀이 다정하게 말했다. 베서니가 씨익 웃으며 말했다.

"내가 '고'로 시작하는 말 안 하는 거 알죠, 멍텅구리 아저
씨? 그래도 이건 알아줬으면 좋겠는데……."

"알아, 알아. 말 안 해도 안다고."

에벤에셀도 베서니에게 씨익 웃어 보였다. 둘 다 포옹을 좋
아하지 않아서 포옹 대신 마음을 표현하는 둘만의 방식이 있
었다. 베서니는 머리를 숙였고, 에벤에셀은 기꺼이 베서니의

머리를 쓰다듬었다.

베서니는 하품을 하고 몸 몇 군데에서 뚝뚝 소리가 나도록 기지개를 켠 뒤, 한결 마음이 편해진 모습으로 쿵쿵쿵 자기 방으로 걸어갔다.

에벤에셀은 얼굴을 바꿔 주는 크림을 꽉 쥐어 보며, 마음을 굳게 먹고 아래층으로 내려갔다.

에벤에셀은 4층에서 한때 즐겨 입던 튜더 왕조 풍의 옷으로 갈아입었다. 주름 깃이 높고도 아름다운 옷으로, 그 옷을 입으면 더 강한 쪽이 누구인지를 오거스터스에게 확실히 보여 줄 수 있을 것 같았다.

1층의 응접실로 가니, 오거스터스가 '금빛 소년'을 감상하고 있었다. 에벤에셀이 최근 좀 더 자주 볼 수 있도록 벽난로 위쪽으로 옮겨 걸어 놓은 그림이었다.

"베서니가 움직이지 말라고 했을 텐데."

에벤에셀은 펭귄이 아껴 먹는 얼음 과자보다도 더 차가운 말투로 들리기를 바라며 말했다.

"아, 정말 죄송합니다, 에벤에셀. 이 작품이 눈에 들어온 순간 빠져들지 않을 수가 없더라고요. 정말로 취향이 훌륭하십니다. 그런데 아주 세련된 의상을 입고 오셨네요."

보통 칭찬이라면 사족을 못 쓰는 에벤에셀이었지만, 오거스터스의 칭찬에는 냉담했다.

"그 그림이나 이 주름 장식 옷을 훔칠 생각을 하고 있다면, 단념하는 게 좋을 거요. 양갈비 구레나룻씨."

양갈비 구레나룻씨보다 더 나은, 더 재치 있게 놀리는 말을 생각하지 못한 것을 아쉬워하면서, 에벤에셀은 덧붙였다.

"그건 내가 수집한 작품이라고."

"저도 제미마와 함께 핀란드의 왕에게서 비슷한 작품을 훔쳤지요. 왕은 그 작품을 잃어버리고 아주 오래도록 애통해했어요. 아, 저를 방으로 안내해 주려고 오셨습니까?"

에벤에셀은 방 안내를 하기는커녕 오거스터스의 엉덩이를 걷어차고 싶은 마음이 굴뚝 같았다.

"이걸 주러 왔는데."

에벤에셀은 오거스터스에게 크림을 내밀었다.

"남들한테 정체를 들키지 않고 동네를 돌아다니는 데 도움이 될 거요. 얼굴에 펴 바르면 남들이 댁 얼굴을 알아보지 못하게 되니까."

오거스터스는 눈이 커다래져서 크림을 받았다.

"그 대단한 괴물이 뱉어 낸 물건인가 보네요, 맞죠? 아아, 괴물은 정말 대단해요! 이런 게 있었더라면 제미마와 나는 복면 따위 필요하지도 않았을 텐데."

에벤에셀은 쏘아붙였다.

"이게 무슨 도둑질 준비물인 줄 아나! 착한 사람이 되겠다는 당신 약속이 헛소리가 아니란 걸 베서니에게 보여 줄 기회예요! 만약 당신을 믿어 준 베서니를 속인다면…… 조금이라도 문제를 일으킨다면…… 내가 직접 당신을 경찰서에 데려갈 줄 아세요."

경찰이라는 말만 들어도 오거스터스는 몸이 떨렸다.

"걱정하지 마시죠. 절대 이 기회를 헛되이 낭비하지 않겠다고 맹세합니다."

오거스터스는 콧수염이 남은 쪽 입꼬리를 올리며 미소를 지었다.

"자, 그러면 제 방으로 좀 안내를……."

에벤에셀은 내키지 않는 마음을 누르고 12층으로 오거스터스를 데리고 갔다. 이 집에 있는 방 중에서 가장 덜 좋은 방이었다. 그래도 꽤나 근사하기는 했지만.

"제대로 된 침대라니. 마지막으로 침대에서 잤던 때가 기억이 안 나요."

오거스터스는 기쁨에 찬 눈으로 말했다.

"정말 감사합니다. 이 친절 절대로 잊지 않을 거예요."

에벤에셀은 오거스터스가 고마워하는 것도 짜증이 났다.

67

그 방보다 훨씬 좋은 자기 방으로 가면서, 에벤에셀은 15층 건물에 찾아온 저 불청객을 눈에 불을 켜고 지켜보리라 결심했다. 베서니와 함께 지금까지 가꾸어 온 삶을 무너뜨리는 일은 그 무엇도 허락하지 않으리라, 하고.

이내 집 전체가 아주 조용해진 순간, 괴물이 또 종을 울리기 시작했다.

7. 한밤중에 만나다

　괴물은 자주 한밤중에 종을 울렸다. 다만, 울려 봤자 아무런 반응이 없을 때가 많았다. 베서니와 에벤에셀이 그 소리에 익숙해져서 아무리 종이 시끄럽게 울려도 쿨쿨 잘 수 있었기 때문이다. 차가 쌩쌩 오가는 시끄러운 도로여도, 익숙해지면 부르릉 빵빵 소리를 자장가 삼아 쿨쿨 잘 수 있는 것처럼 말이다.

　하지만 괴물은 무시당하는 일에 익숙해지려야 익숙해질 수가 없었다. 기나긴 세월 동안 거의 언제나 주목받고 드높은 대접을 받으며 살아온 괴물은 요구하는 것도 많고 불만도 많았다. 솔직히 전보다 착하게 산다는 게 전보다 더 무시당하면서 산다는 것일 줄 괴물은 정말 몰랐다.

요즘 베서니와 에벤에셀이 괴물을 대하는 태도는 아무래도 더없이 강력하고 멋진 동반자이자 협력할 상대가 아니라, 반려동물을 대하는 것과 같았다. 남의 반려동물을 많이 잡아먹어 본 괴물이어서 그 정도는 구분할 수 있었다.

"로드 티블스, 냠냠……."

괴물은 에벤에셀의 운 나쁜 고양이를 떠올리면서, 뱀처럼 구불거리는 두 개의 혀로 입술을 핥았다.

아무래도 베서니와 에벤에셀은 세상에 도움이 되는 것을 토해 내려는 괴물의 진지한 노력에 그다지 관심이 없는 것 같았다.

예를 들면 괴물이 토해 낸 열기구 집도 정원에서 서서히 쪼그라들고 있었다. 제때 물을 주지 않았기 때문이다. 괴물이 그것을 토해 내려고 얼마나 노력했는지 모른다. 그런데도 에벤에셀은 엄마 아빠에게서 크리스마스 선물을 너무 많이 받아 별 감흥이 없어진 아이처럼 그것을 아무렇게나 내팽개쳐 두었다.

"엄마, 냠냠…… 아빠, 냠냠……."

괴물은 어린 시절, 자기 엄마 아빠에 해당하는 존재를 잡아먹은 날을 떠올렸다.

괴물은 울적하게 한숨을 내쉬었다. 앞으로는 그 누구의 엄마 아빠도 잡아먹는 일 없을 자기의 운명을 생각하면서 말이다. 동물이건 괴물이건 인간이건 다른 무엇이건, 이제는 괴물의 입속으로 들어올 일이 없다. 살아 있는 동안 먹는 것이라고는 괴물의 재활을 주도한 도리스(비밀의 괴물 퇴치 결사대)가 주는 시시한 알약뿐일 터였다.

괴물은 정말이지 착한 괴물이 되기 위해 자기만의 방식으로 최선을 다하는 중이었다. 그리고 다락방 아래의 집 안에서 무슨 일이 일어나는지도 더 알고 싶었다. 오거스터스가 아직 이 집에 머무른다는 것은 알았지만, 그 이유는 몰랐다.

괴물은 아무도 오지 않을 줄 알면서도 또 한 번 종을 울렸다. 그런데 잠시 뒤, 그 낡아 빠진 다락방 문으로 누군가 다가오는 소리에 깜짝 놀랐다.

괴물은 기뻐서 무시무시한 이빨을 드러내며 싱글벙글하다가 그 웃음을 지우고 애써 무표정을 지었다. 그만큼 베서니나 에벤에셀을 기다린다는 것을 들키고 싶지 않았다. 재빨리 '중요한 일을 하느라 너무 바쁜 괴물'이라는 머리기사가 쓰인 신문을 토해 내어 혀로 넘겨 보며 덤덤한 척하고 있을 때, 낡아 빠진 다락방 문이 끼익 열렸다.

괴물은 다락방에 찾아온 것이 베서니도 에벤에셀도 아니라는 것을 보지 않아도 알 수 있었다. 낯설고 쿰쿰한 오거스터스의 냄새를 느꼈기 때문이다.

"여기에 왜 왔지, 작은 인간?"

괴물은 두 혀 중 하나로 신문을 공처럼 뭉쳐 오거스터스의 두 눈 사이로 던졌다.

"한입에 꿀꺽 삼켜 달라고 제 발로 걸어온 야식인가?"

"사실 당신을 만나러 왔습니다."

오거스터스가 미소를 지었다.

"제대로 한번 보고 싶어서요. 까마귀 눈이 아니라 내 눈으로, 남들이 없을 때, 이렇게 가까이에서 당신을 보고 싶었답니다."

경이로움과 존경심이 담긴 그 목소리가 괴물은 아주 마음에 들었다.

"아시다시피 저는 세상 곳곳을 다니며 도둑질을 했습니다. 제가 이룬 것들 덕분에 온갖 멋진 사람들을 만났고요. 당신 같은 존재가 있다는 소문은 들었지만 내 눈으로 직접 볼 날이 올 거라고는 꿈도 꾸지 않았죠. 당신은 내가 품었던 상상도 기대도 모두 뛰어넘는군요. 정말로 대단해요."

괴물은 살면서 처음으로 무슨 말을 해야 할지 모르겠다는 생각이 들었다. 오거스터스가 반쪽 콧수염을 당기며 빙그레 웃었다.

"무엇이든 토해 낼 수 있다는 말이 사실인가요? 그 광경을 직접 보고 싶어요."

괴물은 우쭐해져서 울룩불룩한 몸을 씰룩거렸다. 베서니와 에벤에셀이 당연하게 생각하는 구토 능력을 모처럼 자랑하게 되어 신이 났다.

"내가 뭘 토해 주었으면 좋겠어? 나의 아름다운 배는 왕자에게 걸맞은 귀한 선물도 만들어 낼 수 있어."

오거스터스는 기쁨으로 눈이 커다래졌다.

"우선 작은 것부터 시작하죠. 혹시 잠을 좀 제대로 자게 도와주는 것 없을까요? 우리 집이 불탄 밤부터 지금까지 잠을 푹 잔 적이 없습니다. 베개에 머리만 대면 불쌍한 아내 생각으로 머릿속이 가득해요."

괴물이 눈을 감고 입을 다물었다. 콧노래를 부르고 평소보다 더 크게 몸을 씰룩거리다가 토해 낸 것은…… 끈적끈적한 침으로 범벅이 된 나무 숟가락이었다. 오거스터스는 얼굴을 찌푸렸다.

"실망한 표정은 거둬 두라고. 보기보다 훨씬 멋진 숟가락이니까."

괴물이 웃으며 설명했다.

"물이든 앵무새의 피든, 마시고 싶은 액체를 이 숟가락으

73

로 살살 잘 저어서 마셔 봐. 자고 싶은 시간의 수만큼 휘휘 동
그라미를 그려. 여덟 시간을 자고 싶다면 여덟 번을 저어서
마시는 거야."

오거스터스는 나무 숟가락을 높이 들고, 엑스칼리버(영웅 아
서 왕의 전설에 등장하는 성스러운 검)의 칼을 보듯 쳐다보았다. 지

극한 놀라움으로 물든 그 얼굴에 괴물은 몹시 흐뭇했다.

"이럴 수가! 정말 대단합니다! 괴물님과 저는 아마도 좋은 친구가 될 것 같아요. 그리고 제 느낌이지만, 괴물님은 친구가 필요하신 것 같아요."

오거스터스는 들어올 때처럼 소리 없이 다락방을 나갔다. 혼자 남은 괴물은 벌써 누군가와 함께인 시간이 그리웠다.

"칭찬, 냠냠……."

괴물은 입맛을 다셨다. 낯선 이가 건네는 칭찬이란 세상 무엇보다 맛 좋은 간식이었구나, 생각하며.

8. 보라 차 도둑을 보라

베서니는 침대에 누웠지만 잠들지 못하고 뒤척였다. 아빠가 살아 있다니. 게다가 지금 이 집에 있다니. 부모가 어떤 사람들이었는지를 알게 된 뒤부터 내내 궁금했다. 둘 중 한 사람이라도 착하게 살 가능성이 있는 사람이었을까? 그 답을 드디어 알아낼 수 있게 됐다.

갑자기 그렇게 되니 기분이 너무나 이상했다. 이 모든 게 꿈이 아닌가 싶어 팔을 꼬집어 보기도 했다. 괜히 너무 세게 꼬집어, 얻는 것 없이 아프기만 했다.

베서니는 가장 수다스러운 종달새들이 마을 아침을 노래로 물들이기도 전에 침대에서 내려왔다. 이럴 때면 클로넷이 몹시도 보고 싶었다.

클로뎃은 말 그대로 일찍 일어나는 새였다. 무엇을 해야 하는지 아는 새. 그리운 클로뎃이 없으니, 베서니는 클로뎃과 함께하는 것 다음으로 좋은 일을 하기로 했다. 으깬 머핀 샌드위치를 만들어 먹어 기운 내기.

부엌으로 가는데, 지글지글 익는 소시지 냄새와 유난히 좋은 차 향기가 콧구멍 속으로 물씬 밀려왔다.

베서니는 에벤에셀이 아침을 준비하는 줄 알고 부엌으로 들어갔다. 그런데 소시지를 굽고 차를 우리는 사람은 덥수룩한 턱수염이 나고 눈이 구슬 같은, 난생처음 보는 사람이었다.

"아. 일어났구나, 베서니."

처음 보는 사람이 인사했다.

"당신 누구야?"

깜짝 놀란 베서니는 에벤에셀이 깨어나길 바라며 외쳤다.

"침입자다아아! 침입자아아!"

가장 가까이에 있는 무기인 전동 거품기를 윙윙 흉포하게 작동시키며 베서니가 말했다.

낯선 사람은 웃음을 내뱉더니 행주를 집어 들어 얼굴을 닦았다. 행주에 낯익은 크림이 묻어 나왔다. 너무 일찍 파낸 코딱지 색 크림이 다 닦이고 나니, 낯선 얼굴이 오거스터스로 돌아왔다.

"세상에 어떻게 이런 크림이! 괴물은 정말 대단한 존재야."

오거스터스의 말에, 베서니는 거품기로 삿대질을 하며 지적했다.

"다른 사람들 만날 때 쓰라는 거지, 우리와 있을 때 쓰라는 게 아니잖아요!"

"내가 이 사람처럼 보였어?"

오거스터스가 눈이 구슬 같고 턱수염이 덥수룩한 남자의 사진을 낡은 재킷에서 꺼내 보여 주었다.

"도둑질 현장에서 달아나는 차를 몰던 운전사 중에 이자가 가장 실력이 좋았어. 오늘 아침에 일어나자마자 이 크림을 바르면서 이 얼굴을 생각했지."

베서니는 가슴에 팔짱을 척 끼면서 지적했다.

"아침에 일어나자마자 생각하는 사람은 호러스라면서요."

오거스터스는 당황해서 마구 둘러 댔다.

"아, 그래, 맞아. 당연하지. 일어나자마자 운전사를 생각했다고 한 것은…… 그게, 그러니까…… 두 번째로 생각했다는 뜻이야. 불쌍한 경비원 호러스를 첫 번째로, 얼굴을 바꿔 주는 크림은 두 번째로 생각했어. 그것이 하루의 순서니까."

오거스터스는 반쪽짜리 콧수염을 당기며 덧붙였다.

"미안하다, 우리 딸."

"딸이라고 부르지 말라니까요."

베서니는 거품기를 한 번 더 흉포하게 휘둘렀다.

계단을 뛰어 내려온 에벤에셀이 칫솔을 무기로 휘두르며 부엌으로 들어왔다. 에벤에셀은 오거스터스를 보자마자 차갑게 비웃으며 말했다.

"내 이럴 줄 알았지. 꿍꿍이가 있을 줄 알았다고!"

"죄송하지만 오해를 하신 것 같네요, 에벤에셀. 저는 그냥 딸에게 아침밥을 만들어 주면서 하루를 시작하고 싶었거든요."

오거스터스는 지글지글 익은 소시지를 접시에 담아, 갓 우린 차가 담긴 주전자 옆에 놓았다.

"베서니, 지금도 칙칙폭폭 소리를 내면서 음식을 먹여 주는 걸 좋아해? 어릴 땐 참 좋아했잖아."

뜻하지 않게 베서니의 심장이 조금 더 빨리 뛰었다. 끔찍한 범죄와 관계없는 어린 시절 이야기를 듣는 것이 기분 좋았다.

"여태 그걸 좋아하겠어요? 칙칙폭폭 하면서 밥 먹일 나이로 보이냐고요."

이렇게 지적한 에벤에셀은 두리번거리다가 물었다.

"내 아침밥은 어디 있어요?"

"아, 뭐, 원하신다면 뭘 좀 구워 드릴 수는 있는데, 그렇게 할까요?"

79

"아니요. 전혀 원하지 않습니다."

단호하게 대답한 에벤에셀은 가까이에 있는 찻주전자에서 피어오르는 향을 맡다가, 그것이 자신의 찻잎 중 가장 귀한, 이름하여 '보라 왕자' 찻잎을 우려낸 차라는 것을 깨달았다.

"취향이 정말로 고급이더라고요, 에벤에셀."

오거스터스가 그 차 향기를 자신도 한껏 맡으며 이어 말했다.

"보라 왕자 찻잎은 200년 전에 재배한 것이 마지막이고, 그 뒤로는 나오지 않은 줄 알았는데 말입니다."

에벤에셀은 분통을 터뜨렸다.

"300년 전이에요, 300년 전! 당신이 써 버린 건 세상에 남은 마지막 보라 왕자 찻잎이었다고! 특별한 날에 마시려고 고이고이 아껴 뒀는데!"

"오늘이 특별한 날 아닌가요?"

오거스터스가 반쪽짜리 콧수염을 당기며 씨익 웃었다.

"베서니한테 다시 가족이 생긴 날이잖아요."

에벤에셀은 완벽하게 구운 소시지를 쟁반째 들어 올려 쓰레기통에 처넣었다. 세상에 남은 마지막 보라 왕자 찻잎으로 알맞게 우려낸 차도 아까워 죽겠다는 생각을 참으며 모조리 부어 없애 버렸다.

"난 그냥 착한 일을 하려고 그랬거든요."

오거스터스가 울적하게 말했다. 에벤에셀은 속이 좀 후련했다가, 베서니의 표정을 보고는 기분이 바뀌었다.

베서니가 말했다.

"버리는 건 좀 심한 거 아니에요, 에벤에셀?"

베서니는 화가 나면 멍텅구리 아저씨라 하지 않고 또박또박 에벤에셀이라고 했다.

"아니…… 내가 가장 아끼는 차를 마음대로 썼잖아!"

베서니는 에벤에셀을 복도로 끌고 갔다. 매섭고도 진지한 눈빛을 쏘더니, 베서니가 속삭였다.

"저 사람이 마음에 안 드는 건 알겠는데, 착해지겠다는 약속이 진심인지 아닌지 증명할 기회는 줘야죠."

에벤에셀은 짜증을 내며 속삭였다.

"아닌데. 저 인간은 감옥에 가야 하는데."

"나를 봐서 좀 참아 주세요."

평소에 무슨 일이 있어도 부탁은 잘 하지 않는 베서니였다. 그러니까 부탁을 한다면 그만큼 진지한 마음이라는 것을 에벤에셀은 곧바로 알아챘다.

"나한테는 정말 중요한 일이에요. 부탁할게요, 멍텅구리 아저씨."

마음 같아서는 보라 왕자 차를 한 주전자 더 우려 오거스

터스의 엉덩이에 몽땅 부어 버리고 싶었지만, 에벤에셀에게
는 세상 누구보다 베서니의 뜻이 중요했다.

"우리 우정을 걸고 약속해 주세요."

에벤에셀은 움츠러들었다.

"아니, 우정까지 걸어야 해?"

"걸어야 아저씨가 약속을 꼭 지키겠죠. 자, 약속해 주세요,
저 사람한테 기회를 한 번 주겠다고."

베서니는 한쪽 손바닥에 침을 뱉어 내밀며 덧붙였다.

"공식적으로 도장 찍고 악수하고요."

"그래…… 약속할게."

에벤에셀은 무척이나 주저하면서 말한 뒤 침이 묻은 베서니의 손을 잡고 악수했다. 더 많이 주저하면서 부엌으로 돌아가 오거스터스에게 웅얼웅얼 사과했다.

오거스터스가 대답했다.

"괜찮습니다, 에벤에셀. 벌써 잊어버렸어요. 그럼 이제 새 옷을 좀 빌려주실 수 있을까요? 이 옷 한 벌로 몇 달을 버텼더니 여기저기가 좀 가려워서요."

"그 무슨 말도 안 되는……."

베서니에게 정강이를 걷어차여 말을 멈춘 에벤에셀은 조금 전에 한 약속을 떠올렸다.

"아, 뭐, 알았어요. 여기서 기다려요."

에벤에셀은 오거스터스가 너무 뻔뻔해 기가 막혔다. 소시지와 진귀한 찻잎을 마음대로 꺼내 쓰질 않나, 이제는 에벤에셀의 인생에서 가장 중요한 부분인 '옷'에까지 손을 뻗다니.

에벤에셀은 양봉꾼의 작업복, 그중에서도 유난히 멋 낼 줄 모르는 양봉꾼이 입을 법한 작업복을 빌려주어 오거스터스를 혼내려 했다. 하지만 오거스터스가 개의치 않고 양봉꾼 작업복을 고맙게 받아 들자 에벤에셀은 더 짜증이 났다.

83

"밖에도 그 옷 입고 나갈 건 아니죠?"

베서니가 묻자, 오거스터스는 대답했다.

"몸에 새 옷감이 닿는 것만으로도 감지덕지해서, 남들 눈에 어떻게 보이건 하나도 상관없어."

오거스터스는 그 두툼하고 흰 작업복 속으로 뛰어 들어가다시피 했다.

"고맙습니다, 에벤에셀."

오거스터스의 인사에 에벤에셀은 이를 악물었다. 그리고 베서니에게 물었다.

"밖에 나가다니, 우리 어디 가?"

"이 사람한테 착한 일 하는 법 가르쳐 주러 가지, 어딜 가겠어요."

베서니는 눈썹을 찌푸리며 덧붙였다.

"멍텅구리 아저씨는 집에 있는 게 낫겠어요. 이 일은 나 혼자 해내고 싶거든요."

오거스터스의 얼굴은 환해지고 에벤에셀의 얼굴은 어두워졌다.

"나 없이는 안 돼. 저자가…… 무슨 짓을 할 줄 알고."

"걱정할 필요 없어요. 변장 크림 바르는 거 절대 까먹지 마세요."

변장 크림을 바르라는 당부가 자기에게 한 말이란 것을 오거스터스는 조금 늦게 알아챘다. 오거스터스는 응접실로 고개를 내밀고 '금빛 소년' 그림을 보며 변장 크림을 발랐다. 베서니와 에벤에셀이 지켜보는 앞에서 오거스터스의 얼굴이 몇 초 만에 그림 속 얼굴과 똑같아졌다.

"베서니, 저자한테 내 그림처럼 변장하지는 말라고 해. 이러는 법이 어디 있어!"

에벤에셀은 씩씩거리며 말했지만, 베서니는 이렇게 대답했다.

"왜 이렇게 까다롭게 굴어요."

베서니는 문을 열고 오거스터스를 밖으로 밀쳤다.

"금방 올게요."

베서니는 문을 쾅 닫고 나갔고, 에벤에셀은 폭탄으로 싸우는 전쟁 속에서 물총이 된 것처럼 자기가 쓸모없게 느껴졌다. 베서니와 단둘이 있게 된 오거스터스가 무슨 짓을 할지 모른다는 의심을 거둘 수가 없어, 에벤에셀은 문을 노려보았다.

9. 끈적끈적한 손

"네가 왜 에벤에셀을 집에 두고 나왔는지 알겠어."

베서니에게 이끌려 킥보드가 있는 곳으로 가며, 오거스터스는 기분 좋게 말했다.

"아빠하고 둘이서만 무언가를 해 보고 싶었던 거지? 내 맘도 너와 같단다, 딸아."

"멍텅구리 아저씨를 데려오지 않은 건 깜짝 파티를 들키면 안 된다는 이유 하나뿐이에요. 내가 멍텅구리 아저씨 생일 파티를 준비하고 있으니까, 오늘 그걸 도와주세요."

오거스터스는 실망한 표정을 지었다.

"착한 사람이 되는 법을 가르쳐 준다며."

"이게 가르쳐 주는 건데요. 두고 보면 알아요."

베서니는 오거스터스를 태우고 킥보드를 몰아 머들의 과자 가게로 갔다. 아주 평범한 일을 하듯이, 아빠와 함께 동네를 돌아다니는 평범하기 그지없는 아이인 듯이.

가게 입구는 덧문이 내려가 있어 베서니는 열쇠로 문을 열고 들어갔다. 혼합실에서 머들이 초조하게 파란 머리카락 한 가닥을 배배 꼬며 에벤에셀의 발목 한쪽을 먹고 있었다. 끈적한 선홍색 산딸기가 든 초콜릿 발목이었다.

베서니를 본 머들이 말했다.

"우아, 딱 필요할 때 와 줬네. 이 무릎 맛 좀 봐 줄래?"

무릎을 맛보고 싶은 기분이 아니라고 말하려고 벌린 입에 머들이 쏙 집어넣어 버린 것은 버터 스카치와 코코아가 어우러진 맛있는 무릎이었다.

"ㅁㅅㄸㅇ."

우물거리며 말한 베서니는 무릎을 다 삼킨 뒤 덧붙였다.

"3일 전에 먹여 준 팔꿈치만큼 맛있어요."

"이번 건 조금 다른데. 산딸기 피에 송로버섯 버터를 3퍼센트 더 넣었단 말이야. 적어도 3퍼센트는 더 맛있고, 더 진한 송로버섯 향이 나야 해!"

초콜릿으로 만든 실물 크기 에벤에셀은 이제 다리 하나가 거의 없었다. 실물 크기로 만든 에벤에셀은 이것만이 아니었다. 지팡이 사탕으로 만든 에벤에셀, 더욱 실험성을 발휘해 젤리빈으로 만든, 약간 무시무시한 에벤에셀도 있었다. 베서니는 에벤에셀들을 둘러보며 말했다.

"이렇게까지 안 해도 되는데. 난 손님들에게 줄 모둠 과자 정도를 생각하고 부탁한 거였어요."

"에벤에셀 생일인데 이 정도는 해야지!"

머들은 지팡이 사탕으로 만든 에벤에셀의 뺨을 핥아 본 뒤 이어 말했다.

"모둠 과자도 준비해 두긴 했어. 마술 공연에서 제프리가 뚫고 나올 케이크 옆에 놔뒀어. 보여 줄게!"

명랑하게 혼합실에서 뛰어나가던 머들은 오거스터스와 부딪쳤다.

"으악, 누구세요? 왜 에벤에셀이 가장 좋아하는 그림이랑 똑같이 생겼죠?"

"에벤에셀이 가장 좋아하는 그림을 어떻게 알아요?"

베서니가 묻자, 머들은 얼굴만 붉혔다.

"걱정하지 마세요. 머들은 믿어도 돼요."

베서니의 말에 오거스터스는 한때 수많은 자물쇠를 딴 긴 손가락을 꿈틀거리며 머들에게 내밀었다. 머들은 끝내 악수를 받아 주었다.

"오거스터스라고 합니다. 만나 뵈어 반갑군요. 베서니의 아빠예요. 변장한 것을 이해해 주시길 바랍니다."

머들은 만사에 대범하게 대처하는 과자 가게 사장이었지만, 오거스터스의 자기소개를 듣고는 비틀거리며 뒤로 물러났다. 베서니는 머들을 돕고 싶어 앞으로 힘껏 밀었고, 머들은 오거스터스와 서로 머리를 찧었다.

"앗, 이런."

베서니가 말했다. 머들은 파란 머리카락으로 뒤덮인 머리를 문지르고 말했다.

"지금 '앗, 이런' 할 때가 아니라, 네 아빠…… 죽었잖아!"

"제가 죽었나요? 아이고 이를 어쩌나. 아무도 저한테 말을 안 해 줬어요."

오거스터스가 씨익 웃었다.

"그리고 죽지 않았다고 해도 네 아빠는…… 내가 무례하게 굴고 싶지는 않은데 저 사람은……."

머들이 어떻게 말할까 고민하는데, 오거스터스가 불쑥 말했다.

"아무래도 제가 '도망자'라는 말을 하고 싶으신 것 같네요. 네, 저는 죄를 저지른 사람이 맞습니다. 하지만 사람들이 말하는 것처럼 살인자는 아니라고, 분명하게 말씀드릴 수 있어요. 그리고 이제부터는 착하게 살기로 결심했어요. 물론 우리 베서니가 도와줄 거예요."

썩 믿지 못하는 머들에게 베서니는 말했다.

"괜찮아요. 착하게 사는 법을 가르쳐 주고 있어요, 지금도요."

오거스터스는 말했다.

"뭐, 솔직히 베서니가 가르쳐 주는 것이라고는 나를 별로 좋아하지 않는 사람의 생일 파티를 여는 방법뿐인 것 같긴 하지만."

오거스터스는 머들의 과자 가게를 둘러보며 이어 말했다.

"뭐, 그래도 곧 착한 일 하기를 배울 순서가 오겠죠."

"에벤에셀이 너희 아빠를 안 좋아해?"

머들이 물었다. 에벤에셀의 의견을 중요하게 생각하는 습관이 있는 머들이었다.

"베서니, 너 정말로……."

걱정하는 머들의 말을 끊으며, 베서니가 말했다.

"에벤에셀은 나와의 우정을 걸고 맹세했어요, 오거스터스한테 기회를 한 번 주겠다고. 우릴 신고하진 않을 거죠?"

"에벤에셀이 경찰관에게 신고하지 않는다면 굳이 내가 할 이유는 없지."

머들은 또 초조하게 머리카락을 배배 꼬기 시작했다. 베서니는 머들의 등을 토닥거리며 말했다.

"좋아요. 바로 그런 태도. 그럼 우린 갈게요, 머들. 파티 준비 때문에 들를 때가 많아요."

베서니는 오거스터스를 데리고 가게에서 나와 다시 문을 잠갔다. 거리에 나서자마자 오거스터스는 표정을 일그러뜨렸다.

"불청객 대하듯 하네. 전혀 반가운 것 같지 않았어."

베서니는 말했다.

"머들은 나를 보호하고 싶어 해요. 집에 있는 멍텅구리 아저씨처럼."

"그 마음이 지나치게 큰 것 같아."

오거스터스는 양봉꾼 작업복 후드에 손을 넣더니 갓 훔친 머들의 과자 두 봉지를 꺼냈다.

"솔직히 머들은 과자 도둑질을 좀 당해도 싸."

베서니는 도저히 믿을 수가 없어 오거스터스를 노려보았다.

"왜, 아빠가 딸한테 과자도 좀 주면 안 되냐?"

"안 되죠, 훔친 과자는! 아니 도대체 어떻게 그럴 수가 있어요!"

"돈이 있으면 돈을 냈을 거야. 없어서 그랬지. 그리고 과자 몇 봉지가 뭐 대수라고. 네가 달라고 했으면 머들이 이 정도는 그냥 줬을 거다."

"당연히 줬겠죠! 달라고 하면 주는데 왜 훔치냐는 말이에요!"

"그냥 그러면 좋겠다는 생각이 떠올랐어. 네가 생각이 떠오를 거라고 했잖아."

오거스터스는 울적하게 덧붙였다.

"그냥 남한테, 아니 너한테 착한 일을 하려고 그랬어."

베서니는 오거스터스의 손에서 낚아챈 과자를 머들의 가게 앞에 놓아두었다.

"경찰서에 끌고 갈 건 아니지?"

다시 베서니와 함께 킥보드에 오르며 오거스터스가 물었다.

베서니는 아무 말도 하지 않고 킥보드를 출발시켰다. 오거스터스에게 겁을 주기 위해 괜히 경찰서 앞을 지나쳐서는 새 가게로 향했다. 오거스터스가 고맙다고 말하려 했다.

"하지 마세요. '고'로 시작하는 그 말 진짜 진짜 싫어해요."

"너희 엄마도 딱 너 같았어."

애틋한 얼굴로 이렇게 말한 오거스터스는 새 가게를 보고 물었다.

"도대체 여기에 뭘 하러 온 거야?"

베서니는 대답하지 않고 쿵쿵쿵 걸어 들어갔다. 베서니의 얼굴을 잘 아는 새들이 다정하게 짹짹, 구구, 꽥꽥, 꼬꼬 울며 맞아 주었다. 베서니는 빙그레 웃으며 가게에서 가장 좋아하는 새를 쓰다듬으러 갔다. 엄연한 맹금류로서 흉포하게 생긴 모습이 근사해도, 실제로는 전혀 흉포하지 않은 독수리를 말이다.

"오늘은 또 뭘 바라서 왔냐?"

새 가게 주인이 계산대에서 물었다. 자기가 가진 족집게 중 가장 좋은 족집게로 비둘기 키스의 가슴에서 회색 깃털을 뽑아 주던 참이었다.

"바쁘니까 빨리 말해라, 이 녀석아."

"일생일대의 엄청난 기회를 드리려고 왔어요."

"네가 주는 일생일대의 기회 받을 만큼 받았으니까 가 봐."

"이번 기회는 지금까지보다 더 좋고 더 엄청난데요."

굴하지 않고 말한 베서니는 오거스터스를 가리켰다.

"보세요, 오늘은 파티플래너도 데려왔으니까 얼마나 좋은 기회겠어요. 자, 아저씨와 아저씨의 새들에게 드리는 기회는 바로…… 세기의 생일 파티에서 공연할 기회예요!"

"여태까지 중에서 가장 시답잖네."

비둘기 키스는 깃털 다듬기 시간을 방해받은 것이 몹시 짜증 나 심기 불편한 표정을 지었다.

"나는 새들 데리고 묘기 연습할 기력이 없어. 안 그래도 할 일이 많아 죽겠는데."

베서니는 한숨을 쉬었다. 지금까지 자기가 공짜로 새 가게를 지키고 새들을 돌봐 준 것에 대한 보답으로 기꺼이 새들과의 공연을 해 줄 줄 알았다. 하지만 새 가게 주인은 새 모이만큼도 신경 쓰지 않는 듯했다.

"어쩔 수 없네요. 이 방법을 쓸 수밖에."

베서니는 배낭에 손을 쑥 넣어 망치를 꺼냈다. 새 가게 주인이 벌벌 떠는 사이, 이번엔 돼지 저금통을 꺼냈다. 베서니는 꿀꿀스턴 교수라고 이름 지은 자기 돼지 저금통을 살살 쓰다듬다가 망치로 산산조각을 내 버렸다.

"다 가지세요."

머들의 과자 가게에서 배우고 일하며 번 돈이 돼지 저금통에서 몽땅 쏟아져 나왔다.

"이 돈이면 아저씨한테 공연을 정식으로 의뢰할 수도 있을 거예요."

새 가게 주인의 콧수염이 또 떨렸지만, 이번에는 좋아서 떨렸다. 새 가게 주인은 돈이 좋았다. 그는 재빨리 동전과 깨진 저금통 조각을 쓸어 모아 계산대 돈 서랍에 담았다.

"알았다, 공연하마."

새 가게 주인은 가진 족집게 중 가장 좋은 족집게를 계산대에 내려놓고, 새들을 모두 새장 밖으로 나오게 했다.

"미안하다, 키스. 연습을 좀 해야겠어."

베서니가 가게를 나갈 때, 비둘기 키스는 저 눈알을 쪼아 버릴까 하고 진지하게 고민하는 눈빛으로 베서니를 노려보았다.

베서니가 새 가게에서 나오고도 잠시 뒤에야 오거스터스

가 뒷짐을 지고 나왔다.

"왜 이렇게 오래 걸렸어요?"

베서니의 물음에, 오거스터스는 대답했다.

"새들이 너무 예뻐서 좀 보다가 왔다. 그건 그렇고, 너 가게 주인한테 공연비를 너무 많이 줬어."

베서니는 어깨를 으쓱하고 말했다.

"내 부탁을 들어준다는 것만으로도 고마운데요, 뭐. 동네에서 착한 일을 처음 시작했을 때 다들 내가 장난만 치는 짓궂은 애라고 생각했어요."

"이젠 다들 너를 그렇게 생각하지 않잖아. 장하다."

"당신도 그렇게 될 수 있어요. 노력하면요."

베서니는 오거스터스를 뒤에 태우고 킥보드를 출발시켰다. 오거스터스의 양봉꾼 작업복 후드 속에 새 가게 주인이 가진 족집게 중 가장 좋은 족집게가 든 것을 알아채지 못한 채로 말이다.

10. 도움의 손길

베서니가 오거스터스와 함께 도착한 요양원에서는 틀니를
한 노인들이 매일 오후의 차 마시는 시간을 즐기고 있었다.

뒤편 한 탁자에는 한때 무용수였고 89세의 나이에도 일자
로 다리 벌리기 스트레칭을 할 수 있는 모린이 앉아 있었다.
요양원에 놀러 온 친구, 상냥한 노부인과 나란히 앉아 비스킷
을 먹으면서 말이다.

"파티에서 보여 주실 공연은 잘 준비하고 계세요?"

베서니의 물음에, 모린은 틀니에 축축하게 낀 비스킷 조각
들을 보이며 빙그레 웃었다.

"당연하지!"

모린은 상냥한 노부인과 주변에서 차를 마시던 사람들의

찻숟가락을 빌려, 찻숟가락 저글링을 하기 시작했다.

"내가 무대에 서던 시절엔 시퍼렇게 날카로운 칼을 가지고도 저글링을 했어. 사실 이번 생일 파티에서도 하고 싶었는데, 그 칼들을 찾을 수가 없더라고. 수십 년 동안 같은 곳에 넣어 두기만 했는데 발이 달린 듯 없어지다니, 귀신이 곡할 노릇이야. 아 참, 내가 아직 일자로 다리 뻗기를 잘한다는 거 말했니?"

"네, 백만 번은 말씀하셨어요. 지금 보여 주실 필요 없어요, 진짜로……."

하지만 이미 늦은 뒤였다. 모린은 찻숟가락으로 저글링을 하는 동시에 공중으로 뛰어올랐다가 카펫 위에 다리를 일자로 벌리며 내려앉았다. 휴게실에 모인 사람들은 쪼글쪼글한 손으로 박수를 쳤고, 아직 일어설 수 있는 사람들은 비틀거리며 기립 박수를 쳤다. 오거스터스도 쾌활하게 "브라보!" 하고 소리쳤다.

"네 의견을 묻고 싶은 게 또 있어, 베서니. 같이 가서 좀 봐다오."

모린은 거의 줄어들지 않는 박수 속에서 다리 벌리기를 대여섯 번 더 하며 베서니와 오거스터스를 자기 방으로 안내했다. 모린이 옷장을 열어 보이자, 그 속에는 수없이 많은 틀니가 있었다.

"무용수는 어딜 가나 환한 미소를 보여야 하거든."

모린이 뿌듯하게 말했다.

"파티에 이 중에서 어떤 걸 끼고 갈까? 고기 뜯기 전용 틀니랑 진주처럼 빛나는 틀니 사이에서 자꾸 갈팡질팡해. 네가 보기엔 어떤 게 더 나을 것 같아?"

"모르겠고, 이런 거 신경 안 써요. 전 갈래요."

"자네는 어떻게 생각하나?"

모린이 틀니를 직접 얼굴에 대어 보이며 오거스터스에게 물었다.

"나는 늘 젊은이들 의견이 궁금해."

베서니가 오거스터스의 옷깃을 잡아당기며 나가자고 신호했지만, 오거스터스는 진심으로 두 틀니의 장단점을 고민하는 듯했다. 베서니는 어서 가고 싶으면서도, 모린의 청을 거절하지 않는 오거스터스에게 좀 흐뭇한 기분이 들었다.

한참을 살펴보던 오거스터스가 말했다.

"진주처럼 빛나는 틀니로 하셔야겠어요. 자, 여기요. 고기 뜯기 전용 틀니는 잃어버리지 않도록 제가 제자리에 두겠습니다."

"친절하기도 해라."

　무척 기분이 좋아진 모린은 '어지럽도록 환한 미소'라는
이름의 틀니를 끼었다. 오거스터스는 베서니를 데리고 방에
서 나오며 빙그레 웃어 보였다. 모린의 고기 뜯기 전용 틀니
를 끼고서 말이다. 베서니는 튀어나오는 웃음을 참을 수 없었
다. 하지만 웃음이 진정되자마자 매섭게 오거스터스를 노려
보았다.

　"에이, 그런 눈으로 보지 마. 너를 웃게 하려고 그랬어."

　변명을 들은 베서니는 말했다.

"도둑질을 그만둬요, 그러면 웃을 테니까! 도대체 그건 어떻게 훔쳤어요? 제자리에 두는 걸 분명 봤는데!"

"그렇게 보였겠지. 그게 다 기술이야. 원한다면 너한테 가르쳐 줄게."

"싫어요! 내가 당신한테 도둑질을 배우는 게 아니라, 당신이 나한테 착한 일 하는 법을 배워야 한다고요."

모린을 친절하게 대한 것도 다 꿍꿍이가 있기 때문이었으니, 베서니의 실망은 이루 말할 수가 없었다.

"어서 돌려놓고 와요, 당장."

한껏 시무룩해져서 되돌아선 오거스터스가 놀라울 만큼 빠르게 돌아와서는 투정 부리는 어린애처럼 말했다.

"집에 언제 가?"

착한 일을 하고 싶은 의지가 전혀 없는 오거스터스를 보며 베서니는 속이 터졌다.

"한 군데 더 들를 거예요. 제프리 마술 실력이 좀 늘었는지 확인하러."

오거스터스가 잔뜩 심술 난 표정으로 응답했고, 베서니는 화나는 것을 참으며 삐걱거리고 무너져 가는 보육원으로, 어린 시절 긴 시간을 보낸 집으로 킥보드를 몰았다.

제프리가 보라색 주름 종이로 만든 가운을 입고 글로리아의 높은 정장 모자를 쓴, 나름대로 최대한 마술사처럼 꾸민 모습으로 보육원 건물에서 나왔다. 그런데 자꾸 이상한 말을 되풀이해서 외쳤다.

"나는 마을 경비대를 절대로 우습게 보지 않겠습니다. 나는 마을 경비대를 절대로 우습게 보지 않겠습니다. 나는 마을 경비대를 절대로 우습게 보지 않……."

"도대체 뭐 해?"

베서니의 물음에, 제프리는 대답했다.

"엇, 아, 그게, 에드워드가 자기한테 장난친 벌이라며 이렇게 하라고 했는데, 내가 거절을 안 좋아해서. 그리고 지금 에드워드를 만나러 가는 길이야. 절대, 아무도 알아선 안 되는, 일급비밀 임무를 내릴 거니까 마을 경비대 모든 대원이 대기해 달래. 앗, 일급비밀인데 말해 버렸네. 아무튼 난 진짜로 가야 해. 늦으면 안 돼."

"됐어, 가지 마. 마술 연습해야지. 한심한 에드워드 녀석을 만나면 이렇게 말해, 그냥 꺼…… 꺼……."

제프리는 마을 경비대를 우습게 보지 않겠다는 구호를 계속 외치면서 서둘러 보육원에서 나가 버렸다. 베서니는 제프리를 노려보았고, '꺼지라'는 말을 시원하게 내뱉을 기회를 또 놓친 자신이 너무 답답했다.

킥보드를 타고 보육원을 떠나려는데, 오거스터스가 입을 떡 벌린 채 보육원을 바라보고 있었다.

"혹시 여기가…… 우리 집이 불난 뒤 네가 살아야 했던 곳은 아니지? 제발 아니라고 해 줘."

"맞는데요. 왜요? 그게 뭐 큰일이라고."

"큰일이지, 큰일이야."

아직 '금빛 소년'의 얼굴로 변장한 모습이기는 해도, 쓰러져 가는 보육원을 본 오거스터스는 갑자기 달라진 것 같았다. 자기 딸이 그런 곳에서 살았다는 걸 생각만 해도 가슴이 무너지는 것 같은 표정이었다.

"내가 키워 주지 못하고 너 혼자 고생하며 크게 해서 정말 미안하다. 우리가 이 보육원에 해 줄 일은 없을까? 여기에 사는 아이들이 더 안전하고 좋은 환경에서 살 수 있게 도울 방법 말이야."

베서니는 깜짝 놀라 오거스터스를 쳐다보았다.

"처음으로 내 발명 실력을 착한 일에 써 보는 거야."

오거스터스는 생각할수록 의욕이 솟는 듯했다.

"도둑질하는 도구를 만드는 게 아니라 건물을 고치는 거야!"

베서니의 마음에 희망이 솟았다. 이 사람이 '스스로' 남을 돕고 싶어 하다니!

베서니는 어깨를 으쓱하고는 말했다.

"나쁜 생각은 아니네요. 원장님하고 의논해 봐요, 그럼."

느긋이 햇볕 쬐는 한 쌍의 슬리퍼처럼 아무렇지 않은 말투였지만, 마음속으로는 이렇게 신이 난 것이 얼마 만인지 알 수 없을 정도였다.

어쩌면 베서니의 아버지는 실제로 착한 사람이 될 가능성이 있을지도 몰랐다.

11. 비밀 아닌 비밀 작전

15층 집에서 에벤에셀은 자꾸 오거스터스 생각이 나서 집중을 하지 못했다.

수업을 어서 받고 싶은 괴물을 앞에 두고 말이다. 괴물은 착한 일 하기로 베서니를 이기고만 싶었다.

"우리, 내가 준 생일 선물, 열기구 집을 타고 구름 위를 한 바퀴 더 돌면 어때? 유럽을 돌아다니자고! 내 구토가 고마워서 사람들이 덩실덩실 춤을 출 작은 마을이 수두룩할 거야."

괴물의 제안에, 에벤에셀은 대답했다.

"말도 안 되는 소리 하지 마. 그러면 베서니는 저 아빠라는 작자랑 둘이 남게 되는데, 위험해."

괴물은 뾰족한 포크 겸 숟가락을 토해 에벤에셀의 머리에

날렸다.

평소 같았으면 포크 겸 숟가락 던지기 금지라고 날카롭게 지적했을 에벤에셀이 오늘은 그저 부드러운 깃털 펜을 꺼내 수업용 필기판으로 다가갔다.

필기판의 종이를 획획 넘기니 괴물이 꼭 기억해야 하는 가르침이 많이 적혀 있었다. 사람 크기의 복화술 인형을 토해서 동네 사람들을 기겁하게 만들면 안 되는 이유를 베서니가 정리해 둔 표도 나왔다. 빈 페이지가 나오자, 에벤에셀은 지금 자기 머릿속을 가득 채운 질문을 적었다.

오거스터스를 도대체 어떻게 하면 좋을까?

괴물은 지긋지긋하다는 표정을 짓고, 냄새나는 하품을 길게 내뱉었다.

"하품이나 하고 있지 말고, 이 사악한 인간을 어찌해야 할지 기막힌 의견을 좀 내 보라고!"

종용하는 에벤에셀에게 괴물은 물었다.

"오거스터스한테 기회를 한 번 줘야 한다며. 베서니한테 그러기로 약속했다며 방금까지 징징거리지 않았어?"

"베서니만 모르면 돼. 그러면 약속을 깨는 게 아냐."

"약속이란 게 그런 식으로 돌아가는 게 아닐 텐데. 그리고 나는 오늘 수업을 받고 싶어서 잔뜩 기대했다고. 내 구토로 세상을 더 좋게 만들 아이디어가 부글부글 솟아오른단 말이야."

"지금 수업하고 있잖아. 베서니에게 좀 알려 줄 방법을 찾는 수업. 오거스터스가 변할 가망이 없는 나쁜 인간이라는 걸 베서니한테 어떻게 증명할지 방법을 찾아야 해."

한밤중에 자기를 찾아왔던 오거스터스를 떠올리며, 괴물은 물었다.

"오거스터스가 정말로 그래? 사악해? 내가 보기에 그 정도로 나쁜 인간은 아닐 수도 있겠던데."

에벤에셀은 버럭 반발했다.

"아니기는 뭐가 아니야! 사악하고 또 사악한데! 보는 눈이 없어도 너무 없네."

자기가 악마처럼 무시무시하던 시절에는 에벤에셀이 감히 쓰지 않던 말투라, 괴물은 좀 상처를 받았다.

괴물은 에벤에셀에게 지적했다.

"솔직히 말하면, 너 지금 질투하는 거야. 베서니가 드디어 가족을 찾은 게 심통 나는 거라고. 베서니한테 그렇게 무시당

107

하니까 기분이 별로지?"

에벤에셀은 벽에 꽂힌 숟가락 겸 포크를 뽑아서 다시 괴물에게 던졌다. 그러고는 씩씩거리며 다락방에서 나가 버렸다.

"당장 돌아와! 명령이야!"

괴물은 으르렁거리며 외쳤지만, 에벤에셀은 삐걱거리는 다락방 문을 쾅 닫고 나가 버렸다.

아래층으로 내려간 에벤에셀은 유난히 씁쓸한 맛이 진한 '기분 상한 집사의 보라 차'를 우렸다. 하지만 그 쓴 차를 한 모금 마시기도 전에, 생각이 하나 떠올랐다. 오거스터스가 얼마나 악독한 인간인지를 보여 주는 증거를 찾아봐야겠다는 생각 말이다. 오거스터스가 머무르는 방에 가면 그 증거가 널브러져 있으리라.

에벤에셀은 그 방에 들어가기 전에 실크 방한모로 얼굴을 가리고 싶었지만 아무리 찾아도 나오지 않아, 광대뼈 부분의 볼을 부드럽고 촉촉하게 해 준다는, 보들보들한 초록색 미용 팩으로 얼굴을 가렸다. 그러고는 마치 숨겨 둔 생크림 그릇을 찾는 고양이처럼 살금살금 오거스터스가 묵는 방으로 들어갔다.

에벤에셀은 실망했다. 에벤에셀이 정말로 고양이였다면 카펫을 발톱으로 긁고, 그 위에다가 시원하게 오줌을 싸고, 아주 길고 시끄럽게 '이야아아아아오오오오옹' 하고 짜증을 내뱉었을 것이다.

오거스터스가 나쁜 인간이라는 증거를 찾기는커녕, 손님으로서 나무랄 데가 없다는 것만 알게 됐다. 자고 난 이불을 깨끗이 정리하고 베개도 토닥여서 모양을 잡아 두었을 뿐 아니라, 방 안에 지저분한 곳이라고는 없었다.

오거스터스는 물건이 별로 없었기 때문에, 모두 침대 옆 탁자 위에 가지런히 놓여 있었다. 칫솔, 반쪽 콧수염을 정돈하는 빗, 에벤에셀이 거의 읽을 수 없는 글씨로 무언가를 휘갈겨 쓴 작은 공책, 절반만 깃털로 덮인 금속 까마귀.

에벤에셀은 절반만 깃털로 덮인 금속 까마귀를 집어 들었다가 으스스해져서 몸을 떨었다. 그때 까마귀의 빨간 눈 카메라가 켜졌고, 부리가 끼익 벌어졌다.

"고…… 괴…… 괴에에엠."

"뭐라는 거야? 게임?"

에벤에셀이 인상을 쓰며 물었다. 까마귀는 금속이 긁히는 듯한 날카로운 소리를 내면서 다시 부리를 벌렸다.

"괴에에에무우우울! 괴에에에에무우우우울! 만나야지이이이이!"

에벤에셀이 인상을 팍 쓰는 바람에 초록색 팩 덩어리가 얼굴에서 흘러 까마귀의 몸 위로 떨어졌다. 까마귀는 다시 오작동하기 시작했고, 불이 들어왔던 빨간 눈 카메라는 꺼지고 말았다.

에벤에셀은 방금 까마귀가 뜻이 없는 소리를 지껄인 것인지 실제로 쓸 만한 정보를 말한 것인지 판단할 수가 없었다. 다시 작동하게 하려고 에벤에셀이 까마귀의 머리를 쳤을 때, 집 밖에서 털털거리는 엔진 소리가 들렸다.

에벤에셀은 까마귀를 제자리에 내려놓고, 초록색 팩을 씻은 다음, 죄책감을 안고 아래층으로 뛰어 내려갔다. 오거스터스를 한번 믿어 보겠다는 약속을 깬 것을 베서니한테 숨겨야 했다.

집에 온 사람은 베서니가 아니었다.

"안녕하세요, 에벤에셀."

트럭을 몰고 온 머들이 차에서 내리며 인사했다. 어째서인지 머들은 곱게 허리 숙여 인사하며 얼굴을 붉혔다.

"어서 오세요, 머들."

에벤에셀은 더 곱게 허리 숙여 인사했다.

"귀찮게 해서 정말 죄송해요."

하지만 머들의 표정은 에벤에셀을 귀찮게 하러 와서 무척 기쁜 것 같았다.

"베서니가 괜찮은지 보러 왔어요. 심란할 거예요, 다시 아버지를 인생에 받아들인다는 게."

"심란한 정도가 아니죠. 그 인간은 빌어먹을 골칫거립니다."

에벤에셀의 불평에, 머들은 말했다.

"조금 이상한 사람처럼 보이기는 했어요. 게다가 이상한 일이 있었어요. 물론 우연이겠지만 그 사람이랑 베서니가 우리 가게에 다녀간 뒤로 제과용 토치가 보이지 않아요. 분명히 '직접 고르는 모둠 과자' 코너 근처에 놔뒀는데 말이에요."

머들은 얼굴을 찌푸리며 덧붙였다.

"베서니가 그 사람이랑 같이 시간을 보내게 돼도 안전할까요?"

에벤에셀은 재주넘기라도 하고 싶은 기분이었다. 드디어 오거스터스가 얼마나 위험한 인간인지를 알아주는 사람을 만났으니 말이다.

"제 말이 그 말이에요. 그런데 계속 말해도 베서니는 듣질 않아요!"

"베서니가 고집이 정말 세죠. 그 점 때문에 훌륭한 샌드위치 요리사가 될 수 있기도 해요. 포기할 줄 모르고 계속 더 좋은 조리법을 알아내려 연구하거든요."

머들이 빙그레 웃으며 이어 말했다.

"어떤 일에 관해서든 베서니 마음을 바꾸고 싶다면, 외면할 수 없는 확실한 '증거'를 들이밀어야 해요."

"그런 증거를 어디서 찾아야 할지 모르겠어요."

이렇게 말한 순간, 에벤에셀의 머릿속에 아이디어 하나가 반짝 떠올랐다.

"하지만 도움을 좀 받는다면…… 머들, 혹시 지금 저랑 같은 생각을 하고 계시나요?"

머들은 달빛 아래에서 에벤에셀과 함께 산책을 한다면 얼마나 기분 좋을까, 하는 생각을 하고 있었다. 이왕이면 산딸기 사탕을 서로 먹여 주면서 말이다.

에벤에셀은 몹시 신이 나서 말했다.

"우리가 힘을 합쳐서 베서니를 보호해야겠다는 생각 말입니다. 머들 생각은 어떠신가요?"

"그러기로 한다면…… 우리가 꽤 많은 시간을 같이 보내겠네요?"

그런 바람을 품고 물었던 머들은 이내 덧붙였다.

"그러기로 해요! 그러면 확실히 결정하는 의미로 손뼉을 칠까요?"

"아주 좋은 생각입니다."

이렇게 말한 에벤에셀은 뻗어 온 머들의 손바닥은 보지도 못하고 자기의 두 손바닥을 서로 짝 부딪쳤다.

"그런데 이건 우리끼리만 알아야 해요. 제가 사실 베서니랑 약속 같은 걸 했거든요. 어떤 경우에도 베서니와 오거스터스가 이 사실을 알면 안 되……."

에벤에셀이 말을 멈춘 것은 킥보드를 타고 15층 집으로 돌아오는 베서니와 오거스터스의 모습이 눈에 들어왔기 때문이다.

114

12. 구름 위의 식사

"나 왔어요."

베서니가 에벤에셀과 머들에게 거만한 윙크를 하면서 인사하고는 물었다.

"두 사람 표정이 왜 그렇게 심각해요?"

에벤에셀이 반문했다.

"그러는 둘은 왜 그렇게 자부심 가득한 표정이야?"

베서니와 오거스터스는 음식 재료가 잔뜩 담긴 봉투를 들고 있었다. 두 사람은 머들과 함께 집 안으로 들어섰다.

"그 질문에는 제가 답하죠."

이렇게 말한 오거스터스가 '금빛 소년' 얼굴을 닦아 내기시작했고, 이내 돌아온 얼굴로 빙그레 웃으며 설명했다.

"여태까지 제가 한 나쁜 일들을 만회할 첫걸음을 어디에서 디뎌야 하는지 찾은 것 같거든요."

베서니가 자랑스럽게 알렸다.

"이 사람이 보육원을 더 좋게 바꾸어 줄 거예요."

오거스터스는 머들에게 제안했다.

"그걸 축하하는 특별한 저녁 식사를 준비할 건데, 함께 드시겠습니까?"

"어…… 죄송해요. 저는 가 봐야 해서."

머들은 서둘러 그 집을 나갔다.

베서니와 오거스터스의 얼굴에 똑같이 불만스러운 표정이 떠올랐다.

"내가 말을 잘못했나? 기분 나쁜 말을 했나?"

"평소에는 엄청 다정한 사람인데."

이렇게 말한 베서니는 눈을 가늘게 뜨고 에벤에셀에게 물었다.

"둘이서 무슨 이야기를 하고 있었길래 머들이 저렇게 이상하게 행동해요?"

에벤에셀이 가느다랗게 높아진 목소리로 말했다.

"참 나, 생사람 잡지 마. 새로운 과자를 만들 생각이 떠올랐거나 뭐 그렇겠지."

"흠."

여전히 미심쩍은 얼굴로 생각하던 베서니는 말했다.

"뭐, 머들 본인만 손해죠. 오거스터스가 '엄청난' 음식을 만드는 법을 가르쳐 줄 텐데."

에벤에셀이 날카롭게 말했다.

"왜 요리를 오거스터스랑 해야 하는데? 나도 할 수 있어. 나도 칼질할 수 있고, 부엌에서 하는 일은 무엇이든 할 수 있어."

"아니, 괜찮습니다. 에벤에셀은 이미 저에게 많은 걸 해 주셨잖아요."

오거스터스가 에벤에셀의 어깨를 두드리며 이어 말했다.

"베서니와 제가 함께 떠올린 계획이 있거든요, 오늘 구름 위에서 저녁 식사를 하는 거예요. 저희 대신 열기구 집에 물을 좀 뿌려 주실 수 있을까요?"

에벤에셀은 불만이 가득한 채 휙 돌아서서 집 뒤편으로 갔다. 베서니와 오거스터스는 부엌으로 들어가 사 온 재료를 하나하나 꺼냈다.

"이 녀석으로는 뭘 만들려는 거예요, 그럼?"

베서니가 말하는 '이 녀석'은 사 온 음식 재료 중 가장 커다란 것이었다. 아주 통통한 호박.

오거스터스는 즐거운 얼굴로 대답했다.

"호박 수프를 만들 거야! 네 엄마가 가장 좋아하던 요리야. 우리가 밤새 도둑질을 하러 나갈 때면 네 엄마가 이 수프를 잔뜩 만들어 두곤 했어."

오거스터스는 베서니를 보며 싱긋이 웃었지만 베서니는 오거스터스에게 웃음으로 답하지 않았다. 엄마 이야기가 나올 때마다 경비원 호러스와 그를 죽게 만든 갈고리 총이 생각났기 때문이다.

"내가 또 말을 잘못했나?"

걱정스러운 표정으로 오거스터스가 묻자, 베서니는 대답했다.

"수프는 좀 꽝인 것 같아요. '엄청난' 걸 만들어 준다길래 좀 더 대단한 걸 기대했는데."

오거스터스는 손가락이 긴 두 손을 맞잡으며 말했다.

"네 엄마가 호박 수프를 만들 거라고 처음 말했을 때 나도 꼭 너처럼 생각했어. 우리는 진짜 서로 비슷하구나. 너도 금방 마음이 바뀔 테니까 두고 봐."

오거스터스는 부엌에서 가장 크고 날카로운 칼을 직접 꺼냈다. 그러고는 호박 속을 파내고 잘게 자르는 일을 눈 깜짝할 사이에 끝내 버렸다.

베서니는 오거스터스의 칼 솜씨에 감탄했다. 그래서 오거스터스와 같은 속도로 양파를 썰어 보려다가, 뾰족한 양파 한 조각이 눈에 들어가고 말았다.

베서니가 눈에 들어간 양파를 씻어 내고 보니, 오거스터스는 그사이에 이미 나머지 재료를 모두 썰고 껍질을 벗기고 씨를 빼고 정리해서 약하게 달군 무거운 냄비에 부은 뒤였다.

"내가 손이 아주 빠르거든. 빨라야만 했지, 네 엄마하고 둘이서 도둑질하며 살 때는. 자, 이제 냄비 속을 저어야겠다."

오거스터스가 베서니에게 주걱을 던져 주었다. 베서니가 휘휘 젓는 냄비에 오거스터스가 카다멈, 큐민, 넛메그, 시나몬, 후추 같은 각종 향신료를 솔솔 뿌렸다.

냄비 속 재료가 한소끔 끓었을 때, 오거스터스는 재빠르게 불을 끄고 세 번 깊고 길게 냄새를 맡았다.

"넛메그를 더 넣어야겠다."

오거스터스는 조심스럽게 두 손끝을 뻗어 그 향신료를 정확한 양으로 집은 뒤, 세 번 더 냄비에 뿌려 넣었다.

"됐다. 이제 맛을 한번 보렴, 딸아."

"몇 번이나 말해야 해요? 딸이라고 부르지 말라니까요."

베서니는 이렇게 따졌지만, 지금까지만큼 격한 목소리는 아니었다.

수프를 맛보려 국자를 들자, 베서니는 이상할 만큼 초조한 기분이 들었다. 하지만 수프를 입에 대는 순간, 그 초조함은 모두 따뜻하고 포근한 즐거움으로 바뀌었다. 그 수프를 먹으니, 마치 털이 푹신하면서도 유난히 이해심이 많은 곰이 안아 주는 것 같은 기분이 들었다.

"우아. 내가 얼마 전에 내놓은, 가장 맛있는 으깬 머핀 샌드위치보다 더 맛있어요."

자기가 만든 머핀 샌드위치를 무척이나 뿌듯하게 생각하는 베서니였기에, 이건 아주 후한 칭찬이었다.

"어딘지 모르게…… 친근한 맛이 있어요. 꼭 전에 어디선가 먹어 본 것 같은 맛."

"네 엄마가 같은 재료로 너한테 먹일 아기 죽을 만들곤 했어. 이제 너도 만드는 법을 알게 된 거다. 네 엄마의 호박 수프 만드는 법을 너한테 전수하는 내 기분이 얼마나 행복한지 모를 거다."

오거스터스의 눈에 눈물이 차올랐다. 베서니는 그 눈물이 양파 때문이 아니란 걸 알았다. 오거스터스는 양봉꾼 작업복의 소매로 눈물을 훔쳤다.

"내가 그릇에 담아서 열기구 집에 가져가마."

"제가 같이 할게요."

"안 돼!"

오거스터스는 날카롭게 거절했다가, 누그러진 목소리로 말했다.

"미안하다. 화내려고 한 건 아니야. 수프를 그릇에 담는 건 내가 아주 좋아하는 일이라서 그랬어."

무언가 구린 것이 있는 듯한 표정이었다.

"너는 에벤에셀하고 괴물을 불러 줄래? 다 같이 먹자."

"그 침 흘리는 삶은 양배추도 부르라고요?"

베서니가 투덜거리자, 오거스터스는 말했다.

"그럼, 불러야지. 오늘 저녁을 이 집에 사는 모두가 모이는 자리로 만들게. 또, 열기구 집을 탈 거면서 괴물을 안 부르는 건 무례하잖냐."

평소 같았으면 어떤 일에건 괴물은 부르지 않겠다고 더 고집부렸을 테지만, 호박 수프 덕분에 베서니 마음이 부드러워져 있었다. 베서니는 쿵쿵쿵 다락방으로 올라갔다.

"야, 삶은 양배추, 저녁 먹으러 가자."

베서니의 말에 괴물이 물었다.

"뭐, 너랑 나랑 둘이? 소중한 저녁 시간을 군이 그렇게 보낼 필요가 있을까."

베서니는 욱하는 기분을 꾹 누르며 말했다.

"네가 만든 열기구 집에서 다 같이 저녁 먹게. 그리고 오거스터스가 너를 부르라고 해서 온 거야, 내가 오고 싶어서 온게 아니라."

때마침 열기구 집이 다락방 뒤편의 구멍에 딱 맞는 높이로 솟아 올랐다. 괴물이 베서니를 밀치고 열기구 집에 올라타 보니, 오거스터스가 이미 식탁에 수프 그릇을 놓고 있었다.

에벤에셀은 열기구 집을 조종하는 주전자 옆에서 어슬렁거리다가, 떨떠름하게 수프 그릇으로 손을 뻗었다.

"그건 베서니 겁니다."

날카롭게 말한 오거스터스가 다른 그릇의 수프를 저어서 에벤에셀에게 내밀었다.

베서니는 자기 수프를 꿀꺽꿀꺽 마시기 시작했다. 조금 식힌 수프는 아까보다 더욱 맛있었다.

"완전 대박 맛있죠, 멍텅구리 아저씨?"

수프를 마시던 베서니가 이렇게 묻고는, 다시 수프를 마셨다.

"뭐, 나쁘지 않네."

에벤에셀은 도도새를 닮은 보조 탁자에 자기 그릇을 내려놓았다. 그러고는 하품을 했다.

"평생 이것보다 더 맛있는 수프를 적어도 일곱 번은 먹어본 것 같지만 말이지."

오거스터스가 에벤에셀을 사납게 노려보고는 말했다.

"누가 음식을 만들어 줬을 때는 고맙다고 하는 게 맞는 겁니다."

"베서니가 '고'로 시작하는 그 말을 안 좋아하니까 일부러 안 쓰는 건데요."

베서니는 에벤에셀을 잠시 노려보다가 이렇게 말했다.

"가족의 이야기가 담긴 음식을 그렇게 함부로 말하는 것보다는 차라리 '그 말'을 쓰는 게 나아요."

에벤에셀은 도저히 믿을 수 없다는 표정으로 끔벅끔벅 베서니를 보았다. 에벤에셀은 마지못해 말했다.

"고……맙네요."

오거스터스가 씨익 웃으며 대답했다.

"사과를 받은 걸로 하죠."

에벤에셀은 지지 않고 응수하려고 입을 열었지만, 말 대신 하품이 나왔다. 에벤에셀은 부루퉁해서 수프를 더 먹었다.

"내 평가도 에벤에셀하고 같아."

수프를 냄비째로 후루룩 먹으며, 괴물이 말했다.

"도리스의 알약보다 약간 더 낫기는 하지만, 비명 없이 조용한 밥은 역시 너무 심심한 맛이야."

에벤에셀은 또 하품을 하더니 의자에서 잠들어 코를 골기 시작했다.

"너무 무례하네, 진짜."

베서니는 또 한 번 그릇을 들어 수프를 다 마셔 버렸다. 그러고는 에벤에셀의 그릇에까지 손을 뻗었다.

"그 그릇은 내려놓도록 해."

오거스터스가 말했다.

"싫은데요. 그냥 두면 버리잖아요. 버리기 싫어요."

베서니는 에벤에셀의 그릇에 남은 수프를 꿀꺽 다 먹어 버리고는 꺼억 트림을 했다.

"영화 볼래요? 나랑 제프리가 제일 좋아하는 영화가 〈거북이 탐정〉이에요."

오거스터스는 대답했다.

"그렇다면 봐야지."

괴물은 우쭐해하며 말했다.

"이 열기구 집에는 영화 감상실도 있어. 에벤에셀의 의상실에서 왼쪽으로 두 번째 방이야."

베서니는 열기구 집의 고도를 낮추어 15층 집에 맞춘 뒤, 15층 집으로 들어가 만화책과 영화의 방에서 〈거북이 탐정〉을 챙겼다. 원작 만화도 집어 들었다.

다시 열기구 집에 오른 베서니는 주전자를 다시 '아뜨뜨,

혀 델 정도'로 조종했고, 다시 떠오르는 열기구 집에서 오거스터스를 영화 감상실로 안내했다. 아빠에게 가장 좋아하는 영화를 보여 준다는 생각에, 가슴에서 신나는 기분이 보글거리는 것도 같았다. 하지만 막상 영화를 보려고 소파에 앉으니 길고 긴 하품이 나왔다.

베서니는 잠들지 않으려고 자기 눈에 손가락을 튕겼다. 잠시는 잠이 달아났지만, 거북이 탐정이 일생의 숙적인 몰리야티 교수와 만나는 장면이 나오기도 전에 눈꺼풀이 무거워졌다. 몸이 자꾸만 늘어져서, 오거스터스의 어깨에 머리를 기댔다.

"에벤에셀은 자기 어깨에 기대어 자지 못하게 하는데, 옷 망친다고."

베서니의 중얼거림에, 오거스터스는 말했다.

"내 어깨에는 마음껏 기대어 자도 된단다. 나는 에벤에셀이 아니야."

몇 분 만에 베서니는 잠에 빠졌다. 몇 분이 더 지나자 코를 골았다.

오거스터스는 베서니의 머리를 소파의 팔걸이로 밀어내고 영화를 껐다. 오거스터스는 그 영화가 재미없었다. 솔직히 거북이 이야기만 쓸데없이 많이 보여 주고, 훨씬 흥미로운 두더

지는 별로 나오지 않는 영화라는 생각이 들었다.

오거스터스가 자리에서 일어날 때 괴물이 준 '잠을 부르는 숟가락'이 주머니에서 흘러 영화 감상실 소파에 떨어졌다. 오거스터스는 재빨리 그것을 주웠다.

오거스터스는 코를 고는 베서니를 내려다보면서 말했다.

"에벤에셀의 수프는 입에 대지 말았어야지, 딸아."

13. 파티를 망치려는 꿍꿍이

오거스터스가 어슬렁어슬렁 열기구 집의 가운데로 왔다.
에벤에셀은 구석에서 유난히 귀여운 요정처럼 자고 있고, 괴
물은 남은 수프를 냄비째 먹어 치우고 있었다.

"당신처럼 대단한 존재가 또 있을까요."

오거스터스는 말했다. 그러고는 괴물이 만들어 준 '잠을 부
르는 숟가락'을 높이 들어 달빛에 비추어 보았다.

"없지. 두말할 필요도 없어."

괴물이 무시무시한 이빨을 드러내며 커다란 미소를 지었다.

"그런데 자네, 정말로 속이 시커멓군. 내가 토해 준 숟가락
을 우리 집에 같이 사는 인간들한테 쓸 거야."

"뭐, 짓궂은 장난 좀 한다고 누가 다치는 것도 아니잖습니

까."

오거스터스는 별을 보고 싶어서 여러 전망대 중 하나로 다가섰다.

"이렇게 괴물님과 단둘이 있는 시간을 기다렸습니다."

"왜? 흠…… 내가 토해 내 주었으면 하는 것이 있나 보군. 요즘 누구든 나한테 바라는 것은 그것뿐인 것 같아."

"사실 제가 괴물님께 바라는 건 무언가를 토해 내 주시는 게 아닙니다. 도움말을 해 주셨으면 좋겠어요. 착한 사람이 되려면 어떻게 해야 하는지, 괴물님의 이야기를 듣고 싶었어요."

놀라서 잠시 아무 말이 없던 괴물이 물었다.

"착한 사람이 되는 방법을 '나한테'?"

괴물은 두 혀 중 하나로 울룩불룩한 제 머리를 쓸었다.

"베서니가 다 가르쳐 줄 텐데?"

"네, 물론 베서니도 가르쳐 주지요. 하지만 베서니는 애초에 저와 달라요. 저나 괴물님처럼 지독하게 나빴던 적이 없어요. 제가 볼 때 이 집에서 착한 일을 가장 잘하는 건 바로 괴물님입니다. 원래 사악했으면서 이만큼 달라지셨으니 더 대단하지요."

괴물은 오거스터스의 말을 들으며 세 눈을 끔뻑거렸다. 그런 식으로 생각해 보기는 처음이었다.

"그래, 나는 과거에 나빴던 만큼 더욱 훌륭할 수도 있겠네. 베서니보다도 훨씬, 훨씬 더 훌륭하겠어."

"물론이지요, 괴물님. 지금까지 하신 일 중 가장 사악한 일이 뭐였습니까?"

두 혀를 잘근거리면서 괴물의 머릿속으로 옛 기억들이 밀려 들어왔다.

"자네가 먼저 말해 봐, 살면서 한 가장 나쁜 짓이 무엇이었는지."

괴물은 과거를 돌이키는 일에 조금 죄책감이 들었다. 베서니와 에벤에셀이 과거는 다시 생각하지 말고, 착하게 살 앞으로의 날들만 생각하라고 수도 없이 말했기 때문이다.

오거스터스가 숟가락을 던져 올렸다가 등 뒤에서 잡아채고는 말했다.

"제가 한 짓 중에서 가장 나쁜 짓은 아니고, 처음으로 한 나쁜 짓을 말씀드리죠. 아버지의 장난감 가게에서 장난감을 훔쳤습니다. 저는 어렸을 때부터 장난감을 만들 줄 알았어요. 평범한 아이들을 위해서 특별한 물건들을 만들어 낸 거예요."

오거스터스는 이야기를 이어 갔다.

"아버지는 늘 말씀하셨어요. 우리는 고맙다는 인사를 들을 필요가 없다, 아이들 얼굴에 떠오른 웃음이면 충분하다. 그렇지만 저는 손에 쥘 수 있는 보상을 받고 싶었어요."

괴물이 이야기에 푹 빠져 몸을 앞으로 기울이는 바람에 열기구 집이 하늘에서 기우뚱했다. 에벤에셀은 아무것도 모르고 깊은 잠에 빠져 있었다.

"그래서 아버지 가게에서도 장난감을 훔치고, 큰길에 있는 여러 가게에서도 물건을 훔쳤어요. 물건을 잡아채 가져오는 원숭이 태엽 인형을 여러 개 만들어서 도둑질에 썼지요. 그 일의 죗값은 아버지가 떠맡으셨어요. 저 대신 감옥에도 다녀

오셨죠."

괴물은 물었다.

"죄책감이 들지는 않았고?"

"이렇게 말하는 게 부끄럽긴 하지만, 죄책감이 하나도 들지 않았습니다. 어린 시절에 가족을 그다지 중요하게 생각하지 않았어요. 하지만 이제는…… 생각이 점점 달라지고 있어요. 가족이란 꽤 쓸모 있는 존재인지도 모르겠거든요."

오거스터스는 잠든 베서니를 두고 나온 영화 감상실을 의미심장하게 바라보았다.

"어차피 저는 제가 그랬다고 자백할 수 없었을 거예요. 전 잠시라도 감옥에 갇히는 걸 상상만 해도 못 참겠거든요."

"나도 도리스에게 붙들려 감옥에 갇힌 적이 있지. 아주 불편했어."

괴물이 그때를 떠올리며 인상을 썼다.

"자네가 원숭이 군단을 만들었다니 신기하군. 나도 비슷한 걸 토해 낸 적이 있어."

괴물은 에벤에셀 쪽을 한번 흘깃 보곤 이어 말했다.

"그래도 그때 이야기는 웬만하면 안 하는 게 좋을 것 같아."

오거스터스가 잠든 에벤에셀을 쿡쿡 찌르고, 에벤에셀을

보며 한껏 짓궂은 표정을 짓고, 신발을 서로 뒤바꾸어 신겨 놓았다. 에벤에셀은 뒤척이지도 않았다.

"눈치 볼 사람 하나도 없습니다. 우리 둘만 있는 거나 마찬가지 아닙니까."

오거스터스는 졸랐다.

"그때 토한 게 뭐였는지 얘기해 주세요, 예?"

괴물은 어떻게 해야 할지 몰라 두 혀를 잘근거리다가, 옛날이야기 좀 하는 게 뭐 어때서, 하는 결론을 내렸다.

"19세기 초반이었던가…… 아니다, 17세기? 아무튼, 언젠가 에벤에셀이 내 간식거리를 빨리빨리 대령하지 않고 자꾸 늦장을 부렸어. 거울 가득한 복도에서 새 옷을 이것저것 입어 보느라 시간 가는 줄을 모르더라고. 그래서 내가 못된 스카프를 여러 장 토해 냈지. 그 스카프들이 밤낮으로 에벤에셀을 괴롭혔어. 발을 걸어 넘어뜨리고, 거꾸로 매달고, 콧구멍을 간질여 재채기를 시키고. 그 뒤로는 에벤에셀이 내가 잡아먹을 것들을 더 빨리빨리 갖다 바치더라고."

오거스터스가 잠깐 아주 진지한 얼굴을 했다. 그러다가 와락 웃음을 터뜨렸다.

"이야, 기가 막히는 방법 아닙니까. 괴롭히는 스카프라니, 제가 만든 원숭이와는 비교도 안 됩니다."

괴물도 웃기 시작했다.

"그런 걸 토해 내다니, 내가 꽤 영리했지?"

"영리한 정도가 아니지요. 천재적이었지요."

오거스터스가 웃느라 눈가에 고인 눈물을 닦아 내며 이어 말했다.

"그 정도로 능력이 있는 괴물님인데, 베서니는 왜 괴물님 한테 파티 준비를 도와 달라고 하지 않는지 모르겠어요."

"파티? 무슨 파티?"

괴물의 물음에, 오거스터스는 웃음을 뚝 멈추었다. 자신의 말실수에 벌을 주듯 반쪽짜리 콧수염을 잡아 거칠게 당겼다.

"이 멍청하고 멍청한 오거스터스! 비밀스럽게 준비하는 깜짝 파티라는 게 이제야 기억나다니."

한껏 자책한 오거스터스는 괴물에게 말했다.

"정말 죄송합니다. 베서니가 에벤에셀의 생일 파티를 준비 하는데 괴물님한테는 말하지 말라고 했어요."

괴물은 지금까지 즐거웠던 기분이 싹 물러가고 화가 솟구 치는 것을 느꼈다.

"내 그 콧물 덩어리 녀석한테 분명히 무슨 꿍꿍이가 있다, 싶었지. 그 녀석이 그렇게까지 착한 일로 나를 이기고 싶다면 한번 싸워 보지, 뭐. 에벤에셀이 잠에서 깨기만 하면 내가 모든 걸 다 말해 버릴 거야. 그러면 그놈의 깜짝 파티가 아주 잘 되겠네."

"괴물님이 딱 그렇게 하실 거라고 베서니가 말하더라고요. 괴물님은 뻔하다고요."

오거스터스의 말에, 괴물은 열기구 집이 흔들릴 만큼 거센 분노로 몸을 떨며 말했다.

"뻔하다니, 누가! 좋아, 그렇다면 나는 에벤에셀에게 말하지 '않을' 거야. 대신 다른 짓을 해야지. 내가 그…… 다른 짓을 해도 뻔하다고 할지 두고 보자고."

괴물이 두 혀를 잘근거리며, 어떤 짓을 할지 생각해 내려고 머리를 굴렸다. 그 모습을 보던 오거스터스가 작은 기침을 한 뒤 말했다.

"어떤 일을 하시면 좋을지, 제 의견을 말씀드려도 될까요?"

괴물은 딱 잘라 말했다.

"나 스스로 생각해 낼 수 있어. 나는 자네 따위보다 훨씬 교활한 뇌를 가졌다고!"

괴물은 또 잠시 혀를 잘근거렸다.

30초쯤 지났을 때 괴물은 말했다.

"확실히 말해 두는데, 자네 도움 따위 필요하지 않아. 그렇지만 자네 생각을 한번 들어는 보고 싶다고 한다면, 뭘 제안할 텐가?"

오거스터스는 씨익 웃으며 괴물에게 한 걸음 더 다가갔다.

"파티 준비를 망치는 게 아니라, 파티를 망쳐 버리시는 게 어떻겠습니까?"

INSTITUTE FOR
GENTLEMANLY BOYS
AND
LADYLIKE LADIES

14. 끝내주는 옷

밤하늘을 보랏빛과 파란빛으로 알록달록하게 물들이며 아침 해가 떠오를 때 열기구 집은 쭈그러들기 시작했다. 쭈그러들고 쭈그러들고, 또 쭈그러들다가 흔들흔들 요동치면서 다시 15층 집의 정원에 내려앉았다.

에벤에셀이 가장 먼저 일어나, 피곤한 목소리로 내뱉었다.

"엥?"

이건 그저 어리둥절해서 낸 소리였지만, 이내 에벤에셀은 화가 나서 내뱉었다.

"어라!"

근사한 정장과 스카프 차림을 한 오거스터스라니.

"그 옷은 도대체 어디서 난 거요?"

137

오거스터스는 괴물이 갓 토해 준 라벤더 향 머릿기름을 반쪽짜리 콧수염에 바르며 대답했다.

"괴물님이 입어도 된다고 하시던데요. 열기구 집 안에 있는 의상실에서 꺼내 입었습니다."

에벤에셀은 당황스러워하며 말했다.

"열기구 집에 의상실이 있는지조차 몰랐는데, 나는!"

"내 덕분에 인생이 더 멋지게 변해도 맨날 시큰둥하니까 그런 것도 눈치 못 채지. 더 자세히 봤으면 알았을 텐데."

괴물은 말했다. 그러고는 오거스터스에게 빙그레 웃었다.

"내가 토한 것을 귀하게 생각하는 자가 이제야 나타났어."

베서니가 열기구 집 영화 감상실에서 터덜터덜 나와, 끙 소리를 내며 머리를 긁적거렸다.

"으, 진짜 이상한 잠이었어. 어떻게 거북이 탐정이랑 몰리야티 교수가 옥상에서 싸우는 장면도 못 보고 잠들 수가 있지."

베서니는 오거스터스에게 물었다.

"영화 재미있었어요?"

"응? 아, 그럼, 일분일초가 아까울 정도로 재미있었다."

오거스터스는 거짓말했다.

"기운 차릴 수 있도록 내가 좀 도와줄까, 딸? 소시지를 좀 지글지글 구워 주면 어떻겠어?"

"아뇨, 오늘은 뭘 구워 먹을 시간이 없어요."

이번에는 자기를 '딸'이라고 부른 것을 지적하지 않고, 베서니는 이어 말했다.

"나랑 같이 곧장 보육원에 가야 해요."

"나도 같이 가도 돼?"

에벤에셀이 물었다, 오거스터스를 감시하기 위해.

"미안한데, 안 돼요."

베서니는 말했다. 내일로 다가온 파티 준비를 위해 나가는 것인데, 에벤에셀을 데려가면 파티가 비밀로 남지 못할 테니 말이다.

"아이고, 안타깝습니다."

오거스터스는 이렇게 말하며 속상한 표정을 지었지만, 전혀 속상하지 않은 것 같았다.

에벤에셀은 베서니가 자기 대신 오거스터스와 함께하고 싶어 한다는 사실을, 한 번도 아니고 두 번째로 그런다는 사실을 도저히 믿을 수 없었다. 무슨 수를 써야 했다, 빨리.

베서니와 오거스터스가 도착했을 때, 보육원의 모든 아이가 질서정연한 티 파티를 즐기고 있었다. 에이미 클루가 자신의 곰 인형 미스 릴리파이와 함께 주도한 행사였다. 오거스터스는 이번에도 분장 크림을 발라 '금빛 소년'의 모습을 하고 갔다.

"나, 톱질해서 너를 반으로 갈라도 돼?"

달려와 베서니에게 인사한 제프리가 물었다.

"뭘 한다고?"

"어, 앗, 그 장기 자랑에서 말이야. 연습하고 있는 카드 마술도 점점 잘되고 케이크에서 튀어나오기 마술도 거의 완성되어 가지만, 뭔가 다른 게 필요한 것 같았어. 사람들을 헉 놀라게 할 만한 것. 그러다 보니 사람을 반으로 가르는 것보다 더 놀라운 것도 없겠더라고. 네 생각은 어때? 에이미랑 에이미의 곰은 벌써 하지 말라는 의견을 줬어."

오거스터스가 말했다.

"그 곰이 너보다 훨씬 현명한 것 같구나. 내 딸한테 손가락 하나라도 댔다간 내가 너를 톱으로 갈라 버릴 줄 알아!"

제프리는 실제로 몸이 반으로 갈릴 수 있다고, 그것도 남의 얼굴로 변장한 남자의 손에 그렇게 될 수 있다고 상상하자 몹시 불편한 듯했다. 제프리는 연기만 남기고 사라지는 마술을 시도하려고 마법 지팡이 대신 나뭇가지를 흔들었지만, 나뭇가지에 눈만 찔렸다.

"아야, 으으, 아야, 으으."

제프리는 신음을 내뱉으면서 절뚝거리며 자리를 떴다. 베서니는 오거스터스에게 말했다.

"착한 사람이 되려면 내 남자 친구를 협박해서는 안 돼요."

베서니는 남자 친구라는 단어에 또 조금 구역질을 했다.

"어서 가요. 이곳을 더 살기 좋은 곳으로 만들려면 할 일이 많아요."

"에이, 하찮은 건물 하나 고치는 일쯤이야 누워서 떡 먹기란다."

오거스터스가 자신감 넘치게 보육원 건물로 들어서자마자 디딘 발에 마룻장이 쑥 꺼졌다.

"아직도 그렇게 생각해요?"

베서니가 씨익 웃으며 물었다.

"아, 물론이지. 이 오거스터스한테는 무엇이든 누워서 떡 먹기야."

오거스터스는 이렇게 대답했지만 조금은 자신감이 줄어든 표정이었다.

"어디부터 손보면 돼?"

이 질문에는 천 개쯤 되는 답이 있었다. 이 보육원은 손보지 않아도 되는 곳이 거의 없었기 때문이다. 바로 그 순간 무너져 가는 천장이 뚫리더니 낡은 변기가 두 사람의 발치에 떨어져 내려왔다.

"이것부터 손보면 되겠네요."

두 사람은 변기가 원래 있던 곳인, 금이 쩍쩍 가고 냄새가 나는 화장실로 변기를 날랐다. 오거스터스가 변기를 수리하고, 베서니는 오거스터스의 수상쩍은 연장통에서 연장을 꺼내 하나씩 건넸다. 오거스터스는 금세 변기를 제자리에 다시 설치하고, 바닥에 뚫린 구멍을 막았다.

"착한 일을 해 보니까 기분이 아주 좋지 않아요?"

베서니가 말했다. 내심 오거스터스의 수리 기술에 감탄하지 않을 수 없었다. 오거스터스는 더러운 수건에 손을 닦으며 대답했다.

"그래, 변기 물에 손을 담그는 것보다 더 기분 좋은 일이 어디 있겠니."

화장실 수리를 끝낸 뒤, 오거스터스는 보육원 바닥의 마룻장에서 갈라지고 쪼개진 부분들을 정돈하고, 계단의 느슨한 나사를 모두 단단히 조였다. 오거스터스가 기숙사의 2층 침대를 고치고 있을 때, 에이미 클루가 몹시도 울적한 표정으로 방에 들어왔다.

"릴리파이 다리가 부러졌어."

에이미는 곰 인형 다리 하나를 들어 올리며 베서니에게 한탄했다.

"릴리파이가 티 파티에서 너무 신나게 놀았나 봐."

오거스터스는 쏘아붙였다.

"썩 나가거라. 우린 바빠서 곰 인형 같은 데 신경 쓸 틈이 없어."

베서니의 따가운 눈빛을 눈치챈 오거스터스는 어쩔 수 없다는 듯 미스 릴리파이와 떨어진 다리를 에이미의 손에서 낚아챘다. 그러고는 베서니의 머리에서 머리카락 한 올을 뽑았다. 베서니는 아야 하고 소리를 지르고 오거스터스는 뽑은 머리카락으로 미스 릴리파이의 다리를 제자리에 꿰매, 다시 에이미의 품에 안겼다.

"여기 있다. 다른 애들한테는 내가 인형을 고쳐 줬다고 절대 말하지 마라."

오거스터스는 당부했다. 너무나 기뻐하며 미스 릴리파이

를 꽉 끌어안은 에이미는 오거스터스의 당부를 전혀 지키지 않았다. 오거스터스는 이내 망가진 장난감을 가지고 몰려온 아이들에게 포위되다시피 했다.

헤럴드 치킨이라는 남자아이가 연을 날리면 자꾸 엉키는 문제를 해결해 달라고 하자, 오거스터스는 바람 없이도 날릴 수 있는 새로운 연을 만들어 주었다. 같은 인형 하나를 서로 가지고 놀고 싶어 자꾸만 싸우는 두 아이에게, 오거스터스는 다양한 성격의 인형 여러 개로 늘어나는 러시아 인형을 만들어 주었다.

아이들을 도와주면 도와줄수록 오거스터스는 그 일이 더 즐겁게 느껴졌다. 에이미 클루를 다시 불러서 미스 릴리파이의 발바닥에 끈적한 무언가를 붙여 주기까지 했는데, 미스 릴리파이가 벽을 탈 수 있게 만들어 준 것이었다.

점점 변하는 오거스터스의 모습을 보며 기쁨을 느낀 베서니가 물었다.

"착한 일 하는 거, 좀 재미있죠?"

"뭐, 나쁘지 않네."

오거스터스는 줄을 서서 기다리던 아이 중 맨 마지막 아이에게 팽이를 돌려주며 잠시 생각에 잠겼다.

"나는 늘 무언가를 만들어 낼 때 가장 행복했어."

2층 침대를 고치고 남은 나무로 오거스터스가 무언가를 만들기 시작했을 때, 베서니와 오거스터스의 귓가에 익숙하면서도 기분 나쁜 소리가 들렸다. 탭댄스 신발이 바닥에 긁히는 소리랄까. 뒤를 돌아본 베서니는…… 끙 소리를 냈다.

"끙 소리가 튀어나올 정도로 내가 반갑구나! 소중한 베서니, 나의 열렬한 팬! 너의 다정함이 정말 고마워."

깊이 허리 숙여 인사하는 글로리아 쿠삭에게 베서니는 물었다.

"네가 도대체 왜 여기 있어?"

"내일 여는 생일 파티 공연자 명단에 내가 없잖아. 그건 너무 말이 안 되는 일이라, 바로잡으러 왔어. 곧바로 진지한 이야기를 해 볼까? 내가 세련된 카우보이모자를 쓰고 내 히트곡인 소몰이 노래를 불렀으면 좋겠어, 아니면 새로 발표한 우주 주제의 댄스곡 '눈부신 은하의 글로리아'로 관객들을 놀라게 했으면 좋겠어?"

"내가 마지막으로 말하는데, 너는 내일 공연 안 해!"

이렇게 말한 베서니는 쿵쿵거리는 걸음으로 기숙사 방에서 나가 버렸다. 글로리아는 몹시 시무룩한 표정을 지었다. 그러고는 탭댄스 역사에서 가장 슬픈 춤을 추었다.

"생일 파티에 온 사람들을 제 공연으로 기쁘게 해 주겠다는데, 베서니는 왜 안 된다고 하는지 모르겠어요."

글로리아가 상처가 묻어나는 목소리로 말했다. 그러자 오거스터스는 부드럽게 목을 가다듬고는 말했다.

"베서니가 말로는 너한테 공연하지 말라고 하지만, 사실은 네가 공연하기를 세상 누구보다 더 바란단다. 정말로 베서니를 행복하게 하고 싶다면, 생일 파티에서 네가 말한 두 곡을 다 공연하렴."

"두 곡을 다요?"

글로리아는 설레어 정장 모자의 각도를 바로잡으며 이어 말했다.

"바로 그거네요. 두 곡의 춤을 한데 잘 섞으면, '소를 모는 눈부신 은하의 글로리아'가 될 수 있겠어요!"

오거스터스는 말했다.

"아주 멋질 것 같은데."

글로리아는 조금 전보다 훨씬 더 쾌활해진 모습으로 탭댄스를 추면서 보육원을 나갔고, 오거스터스는 다시 나무를 조각했다.

다시 그 방으로 들어오며, 베서니가 물었다.

"갔어요?"

"갔어. 글로리아 쿠삭의 머리카락 한 올도 없어. 그리고 걱정하지 마. 내일 파티에 글로리아의 공연은 없다고 내가 한 번 더 말했으니까."

"잘했어요."

베서니는 오거스터스가 손에 든, 갓 조각한 물건을 보며 고개를 갸우뚱했다.

"그게 뭐예요?"

마지막 끌질로 거친 부분을 다듬은 뒤 오거스터스가 베서니에게 건넨 것은 나무로 조각한 구불구불한 뱀이었다. 장난스러운 미소를 짓는 뱀.

"구불구불 박사 2세한테 인사해! 네가 원한다면 바퀴도 장
착할 수 있게 해 주고, 무중력 장치도 만들어 줄게."

"뱀 장난감 갖고 놀기에는 너무 커 버렸는데."

이렇게 말하면서도 베서니는 그 뱀을 받아 살며시 쓰다듬
었고, 세상에서 가장 귀한 것을 보듯 바라보았다.

15. 머들과 에벤에셀의 합동 작전

에벤에셀과 머들은 과자 가게 트럭에 탄 채 보육원을 바라보았다. 에벤에셀은 오거스터스가 사악한 속내를 탄로 내지 않아서 실망했지만, 머들은 너무도 기분이 좋았다. 에벤에셀과 함께 있는 것이 즐거웠기 때문이다.

"산딸기 사탕을 하나 더 드릴까요, 에벤에셀?"

머들이 검지를 튕기자 에어백에서 사탕 두 개가 튀어나왔다.

"저는 산딸기 맛을 그 어떤 맛보다 좋아합니다."

에벤에셀은 날아오는 사탕 하나를 입으로 받았다. 머들은 얼굴이 조금 붉어진 채 말했다.

"알죠. 드시고 싶은 만큼 드세요. 한동안 여기 있어야 할 것 같으니."

"아니요. 여기에 있으면 안 되겠습니다. 저자가 베서니 앞에선 본색을 드러내지 않겠네요. 다른 데서 증거를 찾아야겠어요. 우리, 흩어져서 따로따로 찾아보죠."

"안 돼요! 그러니까…… 한 팀으로 움직이는 게 훨씬 나을 것 같아서요. 그래서요."

"그럴 수도 있겠네요."

에벤에셀은 날아오는 산딸기 맛 사탕을 하나 더 받아먹었다.

"그럼, 도서관으로 가요. 처음 그자를 본 곳이 도서관 근처였어요."

에벤에셀의 말에, 머들은 탈탈거리며 트럭을 몰아 처음으

150

로 오거스터스를 뒤쫓아갔던 골목으로 갔다. 골목에서 내린
두 사람은 오거스터스의 은신처가 보이지는 않을까 기대하며
이 길 저 길 살펴보았지만 아무것도 찾을 수 없었다.

"그렇게 교활한 자가 찾기 쉬운 곳에 은신처를 마련했을
리는 없겠네요."

에벤에셀은 쓸쓸하게 말했다.

"도서관에 들어가 볼까요? 옛 신문 자료를 보면 오거스터
스에 대해 더 알아낼 수 있을지도 몰라요."

에벤에셀은 머들의 제안에 얼굴이 환해졌다.

도서관 사서는 유난히 아끼던 롤러스케이트가 없어졌다며

시무룩한 표정을 하고 있었다.

"분명히 요리책 서가랑 가벼운 재즈 음악책 서가 사이에 뒀는데 말이지요."

우울한 목소리로 이렇게 말한 사서는 신고 있는 평범한 신발을 성에 안 찬다는 듯 내려다보았다.

"아, 네. 몹시 안타까운 일이지만 우리가 좀 바빠서요."

에벤에셀은 예쁜 신발을 신은 발로 참을성 없이 바닥을 타닥거리며 물었다.

"어떤 사람 기사가 실린 예전 신문을 찾아보려면 어떻게 하면 될까요?"

도서관의 '실제 사건' 서가에는 지난 수백 년 동안 나온 신문 기사가 정리되어 있었다. 사서는 오거스터스의 기사가 담긴 신문들을 쉽게 찾았다. 얼마 전 에드워드가 와서 똑같은 자료를 찾아보았기 때문이다.

에벤에셀과 머들은 그 신문 기사들을 통해, 오거스터스가 범죄를 저지르기 시작했을 때 많은 물건을 훔치려고 '물건 낚아채는 원숭이'를 만들었다는 사실을 알게 됐다. 도둑질한 뒤에 어떤 차든 잡아타고 달아날 수 있는 리모컨을 만들었다는 사실도.

카드놀이용 카드를 금고 따기 장치로 탈바꿈시키기도 했

고, 상자에서 튀어나왔다가 들어가는 인형 장난감을 다이아몬드 집어삼키기 장치로 만들어 놓기도 했다. 한 번은 스스로 부푸는 풍선과 긴 끈을 이용해 잠자는 왕자의 머리에서 예쁜 왕관을 벗겨 냈다고 했다. 기사 속 오거스터스의 사진에는 종종 턱수염이 덥수룩하고 구슬 같은 눈을 지닌 도주 담당 운전사의 얼굴도 찍혀 있었다.

사서는 롤러스케이트 대신 평범한 신발로 이동해야 하는 처지가 불만스럽다는 표정으로 다른 선반에 가, 다른 신문 기사 묶음도 꺼냈다.

"이런 자료가 정말 많아요. 원하시면 더 보여 드릴 수 있어요."

에벤에셀은 짜증을 느끼며 고개를 저었다. 이런 기사들 속에서는 오거스터스가 '앞으로' 저지를 일의 증거를 찾을 수가 없었다. 에벤에셀은 머들에게 투덜거렸다.

"도서관 자료는 쓸모가 없어요. 오거스터스는 베서니에게 도움 하나 안 되고, 괴로운 일만 일으킬 인간이 분명한데 그 증거를 어디서 찾죠?"

머들은 다른 제안을 했다.

"공원에 가 보면 어떨까요?"

"좋아요, 너무나 훌륭한 생각인데요! 당장 공원으로 가요!"

공원에 다다르자마자 에벤에셀은 자기가 왜 공원으로 오는 것이 좋겠다고 했을까 의아했다.

"머들, 죄송하지만 공원에 오는 게 좋고 훌륭한 일이었던 이유가 뭐죠?"

머들은 얼굴을 붉히며 대답했다.

"음, 저는 평소에 잠깐 소풍을 나와서 머리를 비우는 게 도움이 될 때가 많더라고요."

머들은 실험 가운의 깊은 주머니에서 비상용 담요를 꺼냈다. 더 깊은 주머니에서 손수 만든 샌드위치와 여러 맛있는 소풍용 음식을 꺼냈다.

"아니, 지금 바빠서 시간이……."

"조용."

머들은 에벤에셀을 담요 위로 당겨 앉히고, 샌드위치를 입에 물렸다.

"바빠도 맛있는 거 먹을 시간은 내야죠."

샌드위치를 몇 번 우물거린 뒤, 에벤에셀은 그 말이 맞다는 생각이 들었다.

"제가 평소에 좋은 생각을 떠올리는 데 도움이 되는 게 또 있어요. 함께 사진 찍기!"

이렇게 말한 머들은 또 다른 주머니에서 즉석카메라를 꺼냈다.

"우리가 통하는 점을 찾았는데요!"

에벤에셀은 즉흥적으로 사진 찍기를 언제고 마다하지 않았다.

"다만 찍는 각도랑 빛 활용 솜씨는 영 부족하시네요, 머들."

머들은 에벤에셀과 함께 사진을 찍으려 했지만, 에벤에셀은 머들을 일으켜 사진사 역할을 맡겼다. 에벤에셀은 샌드위치를 한 입 먹을 때마다 나뭇가지를 바꿔 가며 앉고 기대어 포즈를 취했다. 찍을 때마다 곧바로 사진을 확인했다.

"아주 좋고…… 매력적이고…… 환상적이에요! 뭐, 머들에게 사진 공부가 좀 필요한 것 같기는 하지만, 찍는 사람 솜씨가 좀 부족해도 모델이 짓는 장난스러운 웃음 덕분에 다 근사하게 나왔어요."

에벤에셀은 문득 샌드위치를 들고 포즈를 취할 때는 몰랐던 것을 발견했다. 사진에 담긴 나무 위의 하늘에서 새 가게 주인이 띄워 올린 새들이 희한한 묘기를 연습하고 있었던 것이다.

새들을 보니 떠오르는 생각이 있었다.

"빨간 눈 까마귀!"

155

흥분하여 외친 에벤에셀은 설명했다.

"그 까마귀 눈이 카메라였다는 걸 베서니가 알아냈잖아요! 오거스터스가 그걸로 우리를, 어쩌면 아주 오랫동안 감시했어요."

"우아, 좀 대단한데요."

"지금 오거스터스를 잡자는 거지 칭찬하자는 게 아니거든요."

에벤에셀이 퉁명스럽게 지적한 뒤, 이어 말했다.

"까마귀가 뭘 봤는지 우리가 확인할 수만 있다면, 오거스터스의 덜미를 잡을 만한 게 나올지도 몰라요. 머들은 어떤 의미에서 발명가이시잖아요. 그 까마귀 눈 카메라에 찍힌 것을 우리 손에 넣을 방법을 발명해 내실 순 없을까요?"

"한번 해 볼게요."

이렇게 대답한 머들은 어떻게든 에벤에셀과 함께 나오는 사진을 찍으려 애썼지만, 에벤에셀이 흥분해서 돌아다니는 통에 뜻대로 되지 않았다.

"해낼 수 있어요! 저는 머들을 믿어요!"

머들은 지금까지 얼굴을 붉힌 그 어느 때보다도 더 붉게 얼굴을 붉혔다. 결국 과자 트럭에 에벤에셀을 태우고 15층 집에 다다랐을 때까지도 붉은 얼굴은 가라앉지 않았다.

"까마귀를 가져올 시간이 있을까요? 베서니가 금방 돌아오지 않나요?"

머들의 물음에, 에벤에셀은 회중시계를 또 한 번 확인했다. 벌써 해가 지기 시작한 시간이었으니, 머들의 말이 옳았다. 베서니가 돌아올 때가 다 되어 있었다.

머들이 말했다.

"내일 계속하는 건 어떨까요? 아, 모레가 더 낫겠어요. 생일에는 이런 걱정을 쉬시는 게 좋지 않겠어요?"

그러나 에벤에셀은 기다리고 싶지 않았다. 에벤에셀은 차에서 내려 집으로 뛰었고, 머들을 뒤돌아보며 외쳤다.

"여기서 기다리세요! 눈 깜짝할 사이에 가져올 테니까!"

157

16. 엄마 이야기

베서니와 오거스터스는 함께 걸어서 집으로 향했다. 킥보드는 오거스터스의 손에 맡긴 채, 베서니는 구불구불 박사 2세를 이리저리 만지작거렸다.

"너도 구불구불 박사를 좋아했지만, 너희 엄마도 그랬어. 그래서 구불구불 박사의 과거 이야기도 다 지어냈지. 밀림에서 태어나 이렇게 저렇게 살다가 브라질에서 의학 박사 학위를 땄다고 말이야. 엄마는 밤에 너를 잠자리에 뉘고는 그 이야기를 들려줬어. 넌 아마 기억 안 나겠지만."

"나도 엄마 아빠를 가지고 똑같이 했어요."

베서니가 뒷주머니에서 구겨진 흑백 사진을 꺼냈다. 콧수염이 온전히 달린 오거스터스와 콧수염 없는 제미마, 그리고 노려보는 작은 베서니의 사진이었다. 베서니는 자기 얼굴이 어떻게 생겼는지보다 이 사진을 더 잘 알았다.

"밤마다 이 사진 보면서 엄마랑 아빠가 어떤 사람이었을지 상상해 봤어요. 극지방 탐험가라고도 상상해 보고, 사람을 닭으로 만드는 신종 수두의 치료제를 찾아 세계를 돌아다니는 의사들이라고도 상상해 봤어요. 거북이 탐정과 아주 친할 거라고 상상한 적도 있어요. 그래도 끝에는 늘 나한테 돌아오는 걸 상상했어요. 멍청한 상상이었죠?"

"난 그게 멍청하다고 생각 안 한다, 베서니. 내가 결국 너한테 돌아왔잖냐. 네가 바라던 극지방 닭 치료 의사는 아니지만."

오거스터스가 의기소침한 모습으로 이어 말했다.

"너무나 실망스러운 부모여서 미안하다. 네 상상 속 네 엄마와 내가 실제 우리보다 훨씬 나은 것 같아."

베서니는 어깨를 으쓱하고 말했다.

"글쎄요. 사실 그리 나쁘지 않아요."

두 사람은 잠시 말없이 걸었다. 오거스터스는 사진을 눈높이로 들어 올려 자세히 보다 감탄하며 말했다.

"넌 이걸 여태까지 간직했구나. 사진 속 부모가 실제로는 어떤 사람들인지를 알게 됐으면서도 말이지."

베서니는 얼굴이 빨개졌다. 남들 눈에 약한 모습을 보이는 게 싫었다.

"나도 왜 간직했나 모르겠어요. 내가 바란 건…… 아니다, 내가 바란 것 따위는 하나도 안 중요해요."

베서니는 오거스터스를 올려다보았다. 너무 감상에 빠진 거 아니냐며 베서니를 비웃을 줄 알았는데, 눈물 고인 얼굴로 사진 속 제미마를 쓰다듬었다.

"제미마를 못 본 지도 이렇게나 오래됐구나."

오거스터스의 눈물에 변장 크림이 조금씩 녹아내리고 있었다.

"차라리 기억을 지웠으면 좋겠다. 네 엄마를 생각할 때 느껴지는 이…… 고통……이 작아졌으면 좋겠어."

오거스터스는 '고통'이라는 말을 아주 조심스럽게 고른 것 같았다. 마치 원래는 다른 말을 하려고 했던 것처럼 말이다.

"내 친구는 일부러 기억을 지웠어요."

베서니는 클로뎃을 떠올리며 말했다.

"그 친구 기억을 되돌릴 수만 있다면 나는 무엇이든 할 것 같아요."

베서니는 입술을 깨물었다가, 묻고 싶어도 참고 미루어 온 질문을 꺼내 보았다.

"엄마는 어떤 사람이었어요?"

그리고 재빨리 덧붙였다.

"얘기하고 싶지 않으면 안 해도 돼요."

"아니야, 괜찮아. 당연히 알고 싶겠지. 엄마 이야기인데, 해야지."

오거스터스는 깊은숨을 들이쉬었다.

"엄마가 너랑 닮은 점이 참 많았어. 장난을 잘 쳤지. 그리고 미소를 지으면 보는 사람도 따라 웃게 됐어. 네가 웃을 때처럼 말이야. 너도 네 엄마의 미소를 보면 참 좋을 텐데, 베서니…… 아, 보여 줄 수 있겠구나!"

오거스터스는 보는 사람이 없는지 길을 둘러보았다. 그러고는 '금빛 소년'의 얼굴을 지워 버렸다가 변장 크림을 새로 찍어 발랐다. 잠시 뒤, 오거스터스의 머리카락이 길어지고 얼굴이 좀 더 부드러워졌다. 제미마의 얼굴이 된 오거스터스가, 따라 웃고 싶어지는 미소를 지어 보였다.

베서니는 잠시 설레었지만, 곧 징그럽다는 느낌이 들었다.

"지워요, 너무 이상해요."

"아아, 아무래도 그렇겠네. 미안하다."

오거스터스는 변장 크림을 새로 발라 '금빛 소년'의 얼굴로 돌아갔다.

"너희 엄마도 너처럼 예민했어. 그리고 이런 말 하기는 싫지만 나보다 훨씬 나은 사람이었다."

"무슨 뜻이에요?"

"네가 태어나고 나서, 계속 이렇게 도둑질하며 살아도 되나 하고 반성하기 시작하더라고. 나는 그런 반성을 전혀 하지 않았는데 말이야."

오거스터스는 부끄럽다는 듯 말했다.

"베서니 네가 엄마의 양심을 깨운 거나 마찬가지야. 그리고 이제는 내 양심도 깨우는 것 같고."

"그렇게 확실히 깨우지는 못했나 보네요. 엄마가 정말 남들을 생각하는 사람이 됐다면, 갈고리 총을 경비원에게 쏘지도 않았을 테니까."

"정말 남들을 생각하는 사람이 됐어. 해리스가 죽고 나서 네 엄마가 얼마나 힘들어했는지 몰라."

"호러스요!"

"아, 그래, 호러스."

얼른 덧붙인 오거스터스는 이야기를 이었다.

"집에 온 뒤로, 네 엄마가 기운을 내려고 아주 정교한 케이크를 만들기 시작하더라고. 그러다가 불이 나서……."

"불이 났을 때 엄마가 우유를 끓이고 있었다면서요."

"내가 그랬나?"

오거스터스는 인상을 찌푸렸다.

"케이크를 만드느라 우유를 먼저 끓였나 보다. 그런 말이었어."

"케이크 만들기건, 우유 끓이기건, 사람을 죽이고 와서 할 행동으로는 너무 이상해요."

"아, 그건 그렇지만, 네 엄마는 아주 별난 여자였으니까 이해해 줘."

오거스터스는 울적한 미소를 지었다.

두 사람은 15층 집으로 이어지는 길의 모퉁이를 돌았다.

"네가 이렇게 자란 걸 보면 엄마가 정말 자랑스러워할 거다. 나도 네가 얼마나 자랑스러운지 몰라, 우리 딸."

베서니는 따뜻한 빛이 간질간질 몸에 퍼지는 느낌이 들었다. 한때 엄마 아빠에게서 자랑스럽다는 말을 듣는 상상을 자주 했다.

"아차, 정말 미안하다. 또 딸이라고 불러 버렸네."

"괜찮아요. 뭐 매번 그렇게 부르거나 하는 건 당연히 싫지만 필요하면…… 가끔 딸이라고 불러도 막 화내거나 하진 않을게요."

오거스터스는 싱긋 웃으면서 베서니를 두 팔로 끌어안았

다. 포옹을 싫어하는 베서니는 팍 인상을 썼다.

"으으으, 왜 이렇게 감상적이에요."

사실 자기도 퍽 감상적인 기분에 빠진 것 같아, 베서니는 짜증이 났다. 그런데 15층 집에 거의 다다르자 감상적인 기분을 모조리 날려 버리는 무언가가 보였다.

15층 집 앞에서 에벤에셀이 오거스터스의 빨간 눈 까마귀를 들고 있었다. 머들은 과자 만들 때 쓰는 돋보기로 그 까마귀를 관찰하고 있었다. 까마귀 얼굴의 절반쯤은 아직 새까만 깃털로 덮여 있고, 나머지 절반은 깃털 속 금속이 그대로 드러나 있었다. 까마귀의 빨간 눈 카메라가 마치 다시 깨어나려 애쓰는 성난 컴퓨터처럼 불규칙하게 번뜩거렸다.

　　베서니는 씩씩거리며 둘에게 다가갔다. 쿵쿵거리는 발걸음이 너무 거세어 포장도로가 움푹 패지 않은 것이 이상할 정도였다.

　　"둘이서 도대체 뭐 해요?"

17. 되살아난 까마귀

머들은 빨간 눈의 까마귀를 등 뒤에 숨기려 했지만 이미 늦은 뒤였다.

"뭘 하는지 물을 필요가 없는 것 같은데. 내 뒷조사를 하고 있었네. 내가 착한 사람이 될 수 있다는 걸 믿지 않아서."

오거스터스는 얼굴에서 변장 크림을 닦아 내며 말했다. 드러난 진짜 얼굴에는 서글픔과 배신감이 잔뜩 서려 있었다.

베서니는 화가 머리끝까지 났다.

"진짜예요, 에벤에셀? 머들을 꼬드겨 나 몰래 우리 아빠를 뒷조사했어요?"

베서니는 눈썹이 하늘로 솟아오를 듯 사납게 에벤에셀을 노려보았다.

미안해진 에벤에셀은 갑자기 자기 신발 끈이 너무 예뻐 보이기라도 하듯 아래만 내려다보았다.

"이 시샘 대마왕! 내가 가족이랑 시간을 보내는 게 싫어 죽겠죠?"

"시샘? 하, 말도 안 되는 소리 하지 마. 저자가 네가 그리 정성을 들일 만한 인간인지 알아보려는 것뿐이야."

"좀 빠지라고요, 똥 덩어리 머저리! 나한테 한 명뿐인 가족인데 왜 그래요, 도대체!"

"저는, 음…… 그만 가 볼게요."

머들이 말했다. 머들이 파란 머리카락 한 가닥을 초조하게 꼬며 과자 가게 트럭으로 가는데, 오거스터스가 머들 앞으로 뛰어들었다. 그러고는 손가락으로 딱딱 소리를 내며 말했다.

"못 가요, 까마귀를 내놓기 전에는."

에벤에셀이 다급함에 높고 가늘어진 목소리로 말했다.

"저것 봐! 뭐가 찔려서 머들이 자기 장난감을 못 가져가게 해?"

베서니는 에벤에셀을 노려보며 말했다.

"우리 아빠가 옷 좀 빌려 달라고 했을 때 본인 표정이 어땠는지 알아요? 옷도 무진장 많으면서!"

에벤에셀은 베서니가 이제 오거스터스를 '우리 아빠'라고

167

하는 것이 마음에 들지 않았다.

"돌려 달라니까 뭐 하십니까!"

오거스터스의 재촉에도 실험 가운에서 무언가를 꺼내 까마귀를 이리저리 건드리던 머들이 대답했다.

"깃털이 제대로 붙어 있나 확인 좀 했어요."

오거스터스에게 까마귀를 돌려주고 과자 가게 트럭에 오른 머들은 출발하기 전 베서니에게 말했다.

"미안하다, 베서니."

베서니는 에벤에셀을 노려보며 말했다.

"내가 그렇게 많은 걸 바랐어요? 그 정도 부탁도 못 들어줘요? 들어준다고 약속했으면서!"

베서니는 눈을 훔치고는 덧붙였다.

"아니, 약속한 정도가 아니잖아요. 우리 우정을 걸고 맹세했잖아요!"

베서니는 까마귀를 살피는 오거스터스에게 말했다.

"정말 미안해요, 아빠. 착한 사람이 되려고 애써도 아무도 안 믿어 주는 기분이 어떤지 나도 알아요."

베서니는 손마디가 창백해지도록 주먹을 세게 쥐고 쿵쿵쿵 집 안으로 걸어 들어가 대문을 쾅 닫았고, 에벤에셀은 금붕어처럼 입을 벌린 채 서 있었다.

오거스터스가 에벤
에셀의 어깨를 토닥이
면서 씨익 웃었다.

"우리 딸을 많이 생
각해 주는 줄 알았더
니, 그게 아니었나 보
네."

에벤에셀은 베서니
를 뒤따라 집 안으로
뛰어 들어갔다. 오거
스터스는 혼자서 기
분이 좋은 듯, 명랑하게 휘파람을 불며 느긋하게 집으로 들어
갔다.

"베서니, 정말 미안하다. 제발 문 좀 열어 줘, 응? 얘기 좀
하자!"

에벤에셀은 베서니가 잠가 버린 방문 너머로 졸랐다.

"문 열어 줄 때까지 안 가. 밤새 기다릴 수도 있어."

베서니가 소리쳤다.

"할 얘기 없어요!"

오거스터스가 휘파람 불기를 멈추고 물었다.

"제가 딸한테 한번 얘기해 볼까요?"

에벤에셀은 고개를 저었지만, 오거스터스는 멋대로 방문을 두드렸다.

"우리 딸, 에벤에셀이랑 얘기 좀 하지 그래? 뉘우칠 기회를 주어야 하지 않겠어?"

"아니, 절대 싫어요! 그리고 에벤에셀을 편들지 마세요!"

오거스터스는 에벤에셀에게 어깨를 으쓱해 보이고는 다시 명랑하게 휘파람을 불었다. 에벤에셀의 차 보관실로 간 오거스터스는 에벤에셀이 수집해 둔 찻잎 중에 두 번째로 귀한 '보랏빛 왕'을 골라 넉넉히 차를 한 주전자 우려냈다. 그걸 들고 응접실의 가장 큰 안락의자에 가서 앉은 오거스터스는 옛날식 전축으로 음악을 좀 듣기로 했다.

전축을 틀어 보니 지나칠 정도로 거칠고 긁는 소리가 많이 나는, 베서니가 좋아하는 음악이 나왔다. 오거스터스는 얼른 전축을 멈추고 에벤에셀이 수집한 음반을 뒤져 1920년대의 밝은 재즈 음악을 찾아냈다.

오거스터스의 세련된 귀에 훨씬 듣기 좋은 음악이었다. 그렇게 몇 시간 동안 차를 마시고 발끝까지 쭉쭉 펴면서 천국 같은 시간을 보냈다. 그러나 그런 시간은 늘 끝이 있기 마련이듯, 이 시간도 바깥에서 탈탈거리는 소리가 나며 끝이 났다.

과자 가게 트럭을 몰고 돌아온 머들이었다. 누가 볼세라 길의 좌우를 살핀 머들은 케이크 상자 하나를 15층 집의 대문 앞에 갖다 놓은 뒤 다시 트럭으로 뛰어갔고, 탈탈거리며 트럭을 몰고 떠났다.

오거스터스는 아주 궁금해졌다. 문밖으로 나가서 그 케이크 상자를 들고 들어온 오거스터스는 에벤에셀을 향한 사랑의 고백 같은 것이 있을까 생각하며 열어 보았지만, 속에 든 케이크의 크림 위에는 이렇게 적혀 있었다.

이것은 진짜 케이크다. 비밀이 숨겨져 있지 않다.

그 크림 밑의 크림에는 이렇게 적혀 있었다.

**까마귀가 촬영한 걸 찾았어요. 오거스터스는
짐작하신 대로예요. 과자 가게로 빨리 오세요!**

몰래 메시지를 전하는 머들의 솜씨는 거의 인정할 만했다. 이제 오거스터스가 할 일은 둘 중 하나였다. 에벤에셀에게 전달하거나, 케이크를 먹어 버리거나.

오거스터스는 부엌에서 케이크용 포크를 챙기고, 가장 높은 선반의 찻잎으로 차도 한 주전자 더 우렸다. 하지만 포크로 케이크를 푹 뜨려다가 더 좋은 생각이 떠올랐다.

오거스터스는 살금살금 움직여, 에벤에셀의 옷 한 벌을 몰래 꺼내 입었다. 케이크는 베서니의 방문 앞에서 깊이 잠든 에벤에셀 앞에 두었다. 살금살금 다시 아래층으로 내려간 오거스터스는 조심조심 대문을 열고 나간 뒤, 한껏 요란하도록 대문을 닫았다. 에벤에셀이 잠에서 깨도록 말이다.

173

18. 상처가 되는 진실

머들은 심란했다. 심란할 때면 머들은 걱정을 떨어 버리기 위해 혼합실에서 새로운 과자를 만들어 내는 일에 몰두했다.

과자를 개발할 때 쓰는 고글을 쓰고 새로 구한 토치를 조심스럽게 작동시켜 보려는데, 과자 가게 앞에 에벤에셀의 차가 와서 푸르르르르 멈추는 소리가 들렸다.

"에벤에셀! 이렇게 빨리 오실 줄은 몰랐어요!"

과자 가게 문을 열고 맞이한 머들은 재빨리 고글을 벗고, 헝클어진 파란 머리카락을 쓸어 넘겨 정리했다.

"보내 주신 메시지를 보자마자 왔어요. 까마귀가 촬영한 것이라는 게 뭡니까? 어떻게 구하셨습니까?"

머들은 실험 가운을 여기저기 더듬다가 조그맣고 빨간 초콜릿 새알 두 개를 의기양양하게 꺼냈다.

"아직 잘 이해가 안 되는데요."

오거스터스가 금빛 눈썹 사이에 주름이 간 얼굴로 말하자, 머들이 설명했다.

"오거스터스랑 베서니한테 들켜서 까마귀를 돌려줄 수밖에 없게 됐을 때, 방법을 찾았어요. 우리한테 필요한 건 까마귀의 눈, 그러니까, 카메라였잖아요. 그래서 제가 바꿔치기를 했어요!"

머들이 다른 주머니에 손을 넣어 까마귀의 눈을 꺼냈다. 방금 보여 준 초콜릿 새알과 똑같은 크기와 모양이었다.

"이 눈을 꺼내고, 그 자리에 초콜릿을 넣어 놨어요!"

"참으로 기발한 생각을 하셨군요, 너무나 재빠르게!"

머들의 얼굴이 기쁨으로 물들었다. 주로 자기 칭찬을 하느라 바쁜 에벤에셀에게 그런 칭찬을 받아 본 것이 처음이었다.

"그 조그만 눈에서 무언가 흥미로운 것을 찾으셨다고요?"

"네, 맞아요. 오거스터스가 나쁜 사람이라는 에벤에셀의 판단이 정확했어요. 에벤에셀은 정말 현명하세요."

"현명하지 않은데요."

오거스터스가 차갑게 대답했다. 평소 칭찬이라면 냉큼 받아들이는 에벤에셀의 변화에, 머들은 당황스러워 눈만 깜박거렸다. 베서니와 다투느라 속이 말이 아닌가 보다 하고 짐작하는 수밖에 없었다.

"찾으신 걸 보여 주세요, 머들."

"알았어요, 알았어. 급하시긴."

머들은 잡음이 나는 조그만 텔레비전 앞으로 에벤에셀을 이끌고 가서 어떤 선으로 텔레비전과 까마귀 눈을 연결했다.

"자, 이걸 보세요."

작은 텔레비전 화면이 회색으로 지지직거리다가 반짝 켜지고, 그 새의 시점에서 보는 이 동네의 모습이 나왔다. 쿵쿵거리는 걸음으로 돌아다니고, 킥보드를 타고, 남을 노려보는 베서니를 까마귀가 이리저리 따라다녔다.

"별다른 게 보이진 않는데요."

에벤에셀이 팔짱을 끼며 이렇게 말했을 때, 머들은 자신이 유난히 좋아하는, 몹시 에벤에셀다운 스카프에 눈길이 갔다.

"곧 별다른 게 나올 거예요. 정말 젤리를 먹다가도 다 뱉을 만큼 깜짝 놀라실 거예요! 바로 여기에요, 여기……."

흐릿한 화면에서, 에벤에셀과 함께 착한 일을 하며 하루를 보낸 베서니가 피곤한 몸을 끌고 쿵쿵거리며 걸어가고 있었다. 머들은 에벤에셀이 화면 속 더 젊은 자신이 터틀넥 티셔츠와 줄무늬 바지를 참 어울리게 입었다고 자화자찬할 줄 알

았다. 하지만 아무런 반응이 없었다.

화면 속에서는 까마귀가 15층 집 뒤편을 날다가 카메라 눈으로 각 층의 창문을 들여다보았고, 마지막으로 15층 괴물의 다락방에 도달했다.

"저것 봐요! 까마귀가 저기서 너무 오래 머물잖아요! 오거스터스는 괴물에게서 눈을 떼지 못하는 거예요. 보이시죠, 에벤에셀?"

에벤에셀은 팔짱을 더 꽉 끼면서 대답했다.

"오거스터스가 괴물한테 특별한 관심을 보이는 건 참 당연한 일 같은데요. 어디서도 볼 수 없는 특이한 생명체잖아요."

"그건 그렇죠, 에벤에셀. 오거스터스가 저 특이한 생명체에게 몇 시간 마음을 빼앗기는 것은 자연스러울 거예요. 하루 내내 그런다고 해도 그렇게까지 이상할 건 없고요. 그런데 이걸 좀 보세요."

머들이 영상을 빨리 감기 하자, 영상 속 시간이 며칠, 아니, 몇 주쯤 흘렀다. 확실히 까마귀는 베서니보다 괴물을 지켜보는 데 훨씬 많은 시간을 썼다. 사실 괴물만 지켜볼 뿐 베서니가 잘 지내는지는 전혀 확인하지 않는 날들도 있었다.

"참 이상하지 않나요? 자기 딸과 시간을 더 보내고 싶다면서 괴물한테 관심이 훨씬 더 많으니까 말이에요."

"흐으음."

에벤에셀이 이렇게만 대답하자, 머들은 불안한 표정으로 물었다.

"괜찮으세요, 에벤에셀? 오늘따라 평소와 좀 다르시네요. 목소리도 조금 이상하고요."

에벤에셀이 스카프를 매만지며 말했다.

"목이 좀 간질간질해서요. 곧 저다워질 겁니다."

"진작 말씀하시지! 제가 사탕을 좀 가져올게요."

머들은 가까이에 있던 사다리를 타고 올라가, 산딸기 맛 사탕이 든 단지를 꺼냈다.

"이건 제 짐작인데요, 에벤에셀, 오거스터스는 괴물과 가까워지고 싶은 것 같아요."

머들이 사다리를 내려오면서 이어 말했다.

"온갖 계획과 방법으로 도둑질을 하던 자가 괴물의 구토 능력까지 등에 업으면 얼마나 많은 나쁜 짓을 할 수 있겠어요!"

에벤에셀이 늘 짓는 예쁜 미소가 스르르, 꿰뚫어 보는 듯한 비웃음으로 변했다. 눈빛도 평소처럼 반짝이지 않는 것 같았다.

"이걸 드시면 기운이 좀 날 거예요."

에벤에셀은 머들이 건넨 사탕을 입에 넣었다가 곧바로 툭 뱉었다.

"산딸기? 웩. 산딸기 너무 싫어!"

머들은 사탕 단지를 떨어뜨리고 뒷걸음질을 쳤다. 에벤에셀이 가장 좋아하는 맛이 산딸기 맛인데.

"아, 내가 말실수를 했나 보죠?"

이렇게 말한 에벤에셀은 조롱하듯 웃었고, 가까이에 있던 마른행주를 집어 들어 코딱지 색 변장 크림을 닦아 냈다.

"자, 이제는 어떻습니까? 좀 더 저다워 보이나요?"

오거스터스는 반쪽짜리 콧수염을 실룩거리며 비뚜름한 미소를 지어 보였다.

가게 밖 도로에서 킥보드의 브레이크 소리가 요란하게 끼익 울려 퍼졌다. 잠시 뒤 진짜 에벤에셀이 가게 안으로 뛰어들어왔다. 스카프를 빼면 오거스터스와 거의 똑같은 옷차림을 하고서 말이다.

"제시간에 나타났네요, 에벤에셀. 잠에서 깨라고 문을 쾅 닫고 나왔습니다."

오거스터스가 차분하게 덧붙였다.

"이런, 표정이 너무 심란해 보이네요. 좀 누우시는 게 어떻겠습니까? 아, 제 생각엔 두 분 다 누우시는 게 좋겠어요."

오거스터스는 가까이에서 과자 반죽 미는 방망이를 집어 에벤에셀과 머들의 머리를 내려쳤다. 커다란 쿵 소리와 함께 두 사람은 바닥으로 쓰러졌다.

19. 불타는 질문

에벤에셀과 머들은 머리가 지끈거리는 것을 느끼며 정신을 차렸다. 시간이 얼마나 흘렀는지는 알 수 없었지만 아직 창밖으로 해가 빛나고 있었다.

몸을 움직이려 해 보니, 에벤에셀과 머들은 서로 등을 맞댄 채 묶여 있었다. 머들이 생일 파티를 위해 만든, 먹을 수 있는 장식용 끈으로 오거스터스가 두 사람을 꽁꽁 묶어 두었다. 오거스터스는 계산대에 서서 과자 가게의 토치를 가지고 무언가를 땜질하다가, 두 사람을 쳐다보았다.

"아, 둘 다 일어났군. 갑자기 가진 낮잠 시간이 즐거웠기를 바라. 나는 몇 시간쯤 혼자만의 시간을 즐겼지. 내가 만든 것들이 충분히 식기를 바라면서 말이지."

에벤에셀은 어지러워 앞이 흐릿했다. 하지만 시야가 점점 또렷해져 주위를 둘러보니, 오거스터스가 만들어 둔 까마귀 로봇들이 보였다. 과자 가게의 감시 카메라를 뜯어 만든, 반짝이고 튼튼한 눈알을 단 까마귀 로봇이 계산대에만 여섯 마리는 놓여 있었다.

"풀어 주세요, 제발. 까마귀 카메라에서 본 거 아무한테도 말 안 했어요."

머들이 장식용 끈에 묶인 몸을 꿈틀거리며 말하자, 오거스
터스는 대답했다.

"아, 알지. 참 안타까운 일이야. 그 영상을 나와 협상하는
무기로 사용할 수도 있었을 텐데."

에벤에셀은 말했다.

"그만해. 그냥 우리한테 겁주려고 이러는 거잖아."

에벤에셀은 베서니의 용감한 행동들을 떠올리며 용감하게

말하려 해 보았지만, 목소리가 덜덜 떨렸다.

"우릴 죽이진 않을 거잖아."

"아, 정말 그렇게 생각해? 재미있네."

오거스터스는 토치를 에벤에셀의 얼굴에 더 가까이 가져
다 대고는 이어 말했다.

"이유를 말해 줄래? 내가 왜 너희들 목숨을 살려 줄 것 같
은데?"

"왜냐하면…… 베서니가 착한 사람 되는 법을 가르쳐 줬으
니까."

에벤에셀은 높고 가느다란 목소리로 말했다. 완벽하게 손
질한 금빛 눈썹이 탈까 봐 얼굴을 뒤로 뺐다.

"베서니가 가르쳐 준 게 조금은 마음에 스몄을 테니까. 당
신이 살인까지 할 수 있을 리 없어."

오거스터스는 반쪽짜리 콧수염을 잡아당기고는 말했다.

"아, 그래, 착해지는 법을 배우긴 배웠지. 그런데 말이
지…… 내가 가르침을 귀담아듣지 않았어. 변하는 '척'하면서
시간을 때웠지. 내 딸을 내 편으로 만들고 싶었으니까 말이
야. 내가 보육원에서 얼마나 연기를 잘했는지 너희도 봤어야
해! 내 입으로 말하기 그렇지만, 전설로 남을 만한 연기였어.
나도 울 뻔했다니까. 그리고 내가 살인을 할 수 있을 리가 없

다고 해서 말인데…… 난 이미 해 봤어."

오거스터스는 에벤에셀과 머들의 얼굴에 떠오른 혼란스러운 표정을 보자 즐거운 모양이었다. 오거스터스는 재미 삼아 토치에서 강한 불꽃을 화르르 내뿜었다.

"베서니가 태어나고 나서, 우리 소중한 베서니의 엄마가 안타깝게도 양심의 가책이라는 것을 느끼기 시작했어. 끔찍한 재앙이었지."

오거스터스는 이야기를 이었다.

"우리가 도둑질하며 살기를 그만두어야 하나, 하는 생각까지 하고 있더라고. 그 사람이 그런 생각을 자꾸 말로 내뱉으니, 우리를 도둑질 현장에서 달아나게 해 주는 도주 담당 운전사도 마음이 흔들리기 시작했어. 내가 그 운전사 얼굴을 보여 주지."

오거스터스는 토치를 내려놓고 주머니에서 변장 크림을 꺼냈다. 얼굴과 머리카락이 변하고 또 변하더니, 오거스터스의 얼굴은 턱수염과 구슬 같은 눈을 지닌 금발의 남자 얼굴이 되었다.

"이름은 생각이 안 나지만 맡은 일을 아주 잘했어. 그렇지만 제미마한테서 자꾸만 독이 되는 말들을 듣다 보니, 자기 천직에 조금씩 회의를 품게 된 거야."

185

오거스터스는 이야기를 이었다.

"미술관에 그림을 훔치러 가던 날, 이 운전사가 내 작업실로 오더니 어린애처럼 우는 거야. 어이없게도 경찰에 자수할 생각까지 하고 있더라니까. 뭐, 그런 일이 일어나게 내버려둘 수는 없었지. 내버려두었다가는 내가 어떻게 되겠어? 그래서 운전사는 내 작업실을 영영 떠나지 못하게 됐다고 할 수 있지."

오거스터스가 변장 크림을 닦아 내자 턱수염과 구슬 같은 눈을 지닌 금발의 남자 얼굴은 사라졌다. 대신 드러난 오거스터스의 진짜 얼굴에는 한 톨의 후회도 없어 보였다.

"내가 갈고리 총을 운전사의 가슴 한가운데에 쐈거든. 그리고 내 손으로 상자를 만들어 시체를 숨겼어."

"도대체 왜 시체를……."

오거스터스가 에벤에셀의 말을 날카롭게 끊었다.

"어디서 무례하게 말을 끊나. 한 번만 더 입을 열었다가는 이 토치로 머들의 곱고 파란 머리카락을 몽땅 불태워 버릴 줄 알아."

오거스터스가 또 한 번 변장 크림을 얼굴에 바르자, 이번에는 그때 그 미술관 경비원, 호러스의 얼굴이 되었다.

"이것이 바로 내 갈고리 총에 맞은 두 번째 희생자의 얼굴이지. 베서니한테는 제미마가 갈고리 총을 쐈다고 말했지만, 사실 제미마는 오히려 내가 갈고리 총을 못 쏘게 하려고 온갖 수로 말렸어. 하지만 소용이 없었지. 호러스가 우리 얼굴을 봤는데 살려 둘 수 없잖아. 하찮은 경비원 때문에 내 자유를 빼앗기는 일이 일어나서는 안 되지."

오거스터스는 크림을 닦아 호러스의 얼굴을 지워 냈다. 오거스터스의 진짜 얼굴은 과거의 악행을 다시 떠올리며 흐뭇해 보였다.

"그날 집에 돌아와서 베서니를 재우고 나자 제미마가 말하더군, 우리가 살아온 모든 삶이…… 우리가 힘을 합쳐 해낸 모든 도둑질이…… 다 잘못되었다고 말이야. 그러다가 자기 운명을 결정해 버린 한마디를 내뱉더라고. '경찰에 자수할 거야.'"

오거스터스는 그때의 기억을 떠올리며 매서운 표정을 지었다.

"베서니한테만은 '범죄와 관계없는' 삶을 살 기회를 주어야 한다나 뭐라나. 어떻게 그런 따분한 소리를 할 수가 있지! 제미마는 내가 도둑질하며 사는 삶을 쉽게 포기하지 않으리란 걸 알았어. 제미마도 눈빛을 보니 아무리 마음을 돌리려 해도 소용이 없겠더라고. 내가 선택할 수 있는 다른 길이 없었지. 내 사랑스러운 갈고리 총은 제미마가 압수한 뒤여서, 나는 새로운 아이디어를 떠올릴 수밖에 없었어."

오거스터스가 빨간 눈의 고장 난 까마귀 로봇을 쓰다듬자, 까마귀 로봇이 움찔거렸다.

"제미마가 경찰에 전화를 하겠다며 뒤돌아섰고……."

오거스터스가 섬뜩한 미소를 짓고는 말을 이었다.

"제미마가 전화번호를 누를 때, 내가 이 까마귀를 날려 제미마의 몸에 꽂아 버렸지. 제미마는 천천히 죽어 갔어."

머들은 비명을 질렀다. 에벤에셀은 끔찍함에 눈을 질끈 감았다.

"그 흔적을 어떻게 없애느냐가 문제였지."

오거스터스는 잠시 생각하는 표정을 지었다.

"증거를 남겨 경찰한테 잡혀가면 안 되니까 말이야. 곰곰이 생각해 보니, 아이디어 하나가 불꽃처럼 터지더라고."

오거스터스는 다시 토치를 집어 들어, 비열하게 웃으며 에벤에셀의 얼굴 앞에서 흔들었다.

"작업실 상자에서 도주 담당 운전사의 시체를 꺼내, 그자의 덥수룩한 턱수염을 내 것과 똑같은 콧수염으로 다듬었어. 그곳에서 두 구의 시체가 발견되도록 말이지. 그러고는 불을 냈어. 그 불에 내 콧수염 반쪽도 잃은 건 참 애석하지만, 목숨은 지켰으니, 뭐. 제미마가 베서니를 어떻게 그 집에서 빼냈는지는 모르겠어. 아마 죽어 가면서 남은 힘을 다 쥐어짰겠지."

"베서니가…… 불난 집에서 죽도록 내버려두었단 말이야?"

머들이 물었다. 오거스터스는 어깨를 으쓱하고 답했다.

"그때 베서니는 아기였고, 딱히 보고 싶어지는 아기도 아니었지. 게다가 제미마의 마음이 그리 약해진 것도 다 베서니 탓이잖아. 뭐, 이제 베서니가 꽤 쓸모 있다는 것을 깨닫기는 했어. 베서니가 살아 있다는 것을 처음 알았을 때는 그냥 도둑질만 좀 하려 했는데 까마귀를 통해 관찰하다가 괴물을 보게 된 거야. 아아, 세상에 이럴 수가. 내 인생을 바꿔 줄 괴물을 직접 만나려면 어떻게든 베서니와 가까워져야겠더라고."

오거스터스는 짜릿한 기분에 반쪽짜리 콧수염이 움찔거렸다. 그러다 점잔을 빼듯 콧수염을 쓸어내렸다.

"제미마가 베서니를 건물 밖으로 내던졌는지 어떻게 했는지 알 수 없지만, 어쨌건 베서니를 살려 놓아 줘서 고마울 지경이야."

오거스터스는 씨익 웃으며 이어 말했다.

"내가 그 집에서 빠져나왔듯…… 이 건물에서도 빠져나갈

189

시간이 다가왔군. 까마귀 로봇들이 이 가게를 싹 불태울 때 내 남은 반쪽 콧수염마저 잃으면 안 되니까, 빨리 나가야지."

오거스터스가 새로 만든 리모컨을 만지작거리자 까마귀 로봇들이 공중으로 떠올랐다. 그중 하나는 부리에서 불을 뿜었다.

"가게에 토치를 잔뜩 장만해 둔 걸 정말로 고맙게 생각해, 머들. 덕분에 내 작업이 한결 쉬워졌거든."

"우리가 불타 죽게 내버려둔다고?"

에벤에셀은 물었다. 지금의 옷차림이 자신의 마지막 옷차림이 될지도 모른다는 것을 깨닫자, 셔츠를 한 번 더 다림질하지 못한 게 한스러웠다.

"당장 죽진 않을 테니까 걱정하지 마. 까마귀들은 생일 파티가 한창일 때까지 기다렸다가 임무에 착수할 테니까. 그러니까 시간이 한…… 한두 시간은 남은 셈이네. 제미마 때보다 훨씬 많이 경고해 주는 거니까, 나한테 고맙게 생각하라고."

오거스터스는 덧붙였다.

"베서니를 위해서 준비한 일에 방해물이 있으면 안 되지."

"베서니한테 무슨 짓을 할 건데?"

머들이 울부짖으며 물었고, 오거스터스는 날카롭게 대답했다.

"당해도 싼 일들을 당할 거야. 태어나면서부터 내 인생을 망친 녀석이잖아. 며칠 전에는 나를 감옥에 처넣겠다고 협박도 했고 말이야."

에벤에셀은 먹을 수 있는 장식용 끈에서 벗어나려고 격렬하게 몸부림치며 말했다.

"안 돼! 베서니 건드리지 마! 내가 베서니를 지킬 거야!"

"베서니를 구하기 위해서라면 무슨 일이든 할 각오가 되어 있나, 에벤에셀?"

오거스터스의 물음에, 에벤에셀은 대답했다.

"내 그림 다 줄게. 찻잎도 다 가져. 골동품 조끼 단추도 상자째 줄게. 아니, 집을 통째로 줄게! 베서니를 구할 수 있다면 뭐든 할 거야!"

"그렇다면, 베서니한테 작은 편지 하나쯤 적어 줄 수 있겠군."

오거스터스가 재킷의 주머니에서 종이 한 장과 깃털 펜을 꺼냈다.

"네가 멀리 떠난다고 적어. 그럴듯한 이유도 적고 말이야. 꽤 믿을 만하게 적어 준다면, 내가 베서니에게 저지르려던 일은 참아 줄 수도 있어."

에벤에셀이 다 쓰자마자 오거스터스는 편지를 낚아채 씨

익 웃으며 읽었다. 에벤에셀은 물었다.

"이제 베서니한테는 아무 짓도 안 할 거지? 베서니한테 저지르려던…… 일이 무엇이건 저지르지 않을 거지?"

오거스터스는 말했다.

"그래, 내가 약속했잖아. 그럼 너희 둘은 삶의 마지막 순간을 함께 잘 즐겨 보도록 해. 나는 아무도 너희를 보지 못하게 가게 덧문을 닫을 거야. 전에 보니 그 문은 밖에서 열고 잠그더라고. 나에게 친절히 그 열쇠를 건네주겠어, 머들?"

"너한테는 아무것도 안 줘, 이 악마야!"

오거스터스는 머들의 반항이 시시하고 즐거운 듯했다.

"뭐, 상관없어. 문을 따고 잠그는 일이야 내 전문이니까."

20. 괴물이 준비한 깜짝 선물

다락방에서 괴물도 파티를 준비하고 있었다. 짓궂은 장난을 치기 위한 물건을 종일 많이 토해 놓았다. 이를테면 뜨뜻한 양배추 냄새 수증기로 가득 찬 풍선, 컵케이크처럼 보이지만 먹으면 치아가 부러지는 벽돌, 끈적끈적한 물질과 침만 잔뜩 든 과자 봉투.

괴물은 다락방을 뒤뚱거리며 걸어가, 뒤쪽 벽 커다란 구멍으로 15층 집 정원을 내려다보았다. 아직은 손님이 아무도 오지 않은 지금, 괴물은 자기가 토해 놓은 짓궂은 장치들이 잔디밭 곳곳에 흩어지도록 손가락을 꿈틀거렸다.

마지막 양배추 냄새 풍선을 정원으로 내려보냈을 때, 괴물은 아주 커다란 선물 상자를 끌고 오는 오거스터스의 모습을 발견했다. 힘이 드는지 반쪽짜리 콧수염에 땀이 맺혀 있었다.

괴물이 손가락을 꿈틀거려 양배추 냄새 풍선을 오거스터스 얼굴 앞에 터뜨렸다. 오거스터스는 구역질을 하고는 화가 난 얼굴로 주위를 둘러보았고, 괴물을 발견하자마자 억지스러운 웃음을 띠고 서둘러 집 안으로 들어왔다.

"어디 갔었어?"

다락방에 도착한 오거스터스에게 괴물이 물었다.

"그리고 표정이 왜 그래? 내가 마지막 도도새를 잡아챈 날보다 더 의기양양해 보이는데."

오거스터스는 대답했다.

"오늘 하루가 아주 근사하게 흘러가고 있거든요. 제가 은신처에서 여기까지 끌고 온 대단한 마법 상자 보셨습니까? 파티 준비는 어떻게 되어 가고 있나요?"

괴물은 울룩불룩한 가슴을 뿌듯하게 내밀고, 자기가 잔디밭에 토해 놓은 것들로 손짓했다. 오거스터스는 감탄했다.

"아아, 탱글탱글한 소시지처럼 기막힌 아이디어들이네요!"

"내가 수십 년 전에 세상에서 가장 탱글탱글한 소시지를 먹은 적이 있지. 그 소시지는 아직도 내 뱃속에서 탱글탱글하게 살아 있을걸."

갑자기 오거스터스가 어두운 표정을 짓기에 소시지에게 측은한 마음을 느끼나 했다. 하지만 이내 오거스터스는 괴물이 에벤에셀에게 생일 선물로 토해 준 열기구 집을 가리켰다. 열기구 집이 눈에 띄게 쭈그러들어 있는 것을 발견한 괴물은 화가 치솟았다.

"선물을 줘도 고마워할 줄 모르지. 그러니까 고생이나 시켜 줄 테다."

괴물은 잠시 두 혀를 잘근거리며 생각했다.

"고생 좀 시켜도 되겠지?"

괴물의 물음에 오거스터스가 대답했다.

"되고말고요. 다 뿌린 대로 거두는 겁니다. 에벤에셀도 베서니도. 걱정 마세요. 그렇다고 우리가 뭐 크게 나쁜 짓을 하는 것도 아니잖습니까. 그냥 장난 좀 치는 건데요."

괴물은 착한 괴물 되기 수업의 필기판을 흘깃 보았다. 가슴 한구석이 죄책감으로 따끔했다.

오거스터스가 제안했다.

"생일 파티가 끝난 뒤에 여행을 가면 어떨까요? 괴물님의 열기구 집에 물을 주어서 하늘로 띄워 올리는 겁니다! 그래서 세상 어디든 가 보자고요! 괴물님의 구토로 큰 도움을 줄 수 있는 곳이 세상에는 참 많을 거예요."

괴물은 의욕이 생겼다.

"전에 에벤에셀한테 나도 그렇게 말했거든! 그런데 그 바보 녀석이 싫다고 했어."

"뭐, 저는 바보가 아니잖습니까. 저는 정말 좋습니다, 좋아요. 생일 파티가 끝나자마자 함께 떠납시다."

"에벤에셀과 콧물 덩어리 녀석도 데려가야겠지."

괴물이 투덜거리자, 오거스터스는 말했다.

"아니지요. 우리 둘만 가도 됩니다."

"그러니까, 세상을 돌아다니며 착한 일 하기를 그 둘 모르게 하자고?"

괴물은 깜짝 놀랄 베서니와 에벤에셀의 표정을 떠올리며 히죽 웃었다.

"그렇게도 표현할 수 있겠네요."

오거스터스가 싱긋 웃으며 대답했다.

괴물은 콧노래를 부르고 몸을 씰룩거리다가 축축한 애벌레와 아주 많이 닮은 무언가를 토해 냈다. 괴물이 혀 하나로 그 애벌레 닮은 것을 들어 보였을 때, 오거스터스는 그것이 반쪽짜리 콧수염이라는 것을 깨달았다. 오거스터스의 윗입술 위에 남은 반쪽짜리 콧수염과 꼭 맞는 짝.

오거스터스는 괴물이 토해 낸 반쪽짜리 콧수염을 받아, 뚝뚝 흐르는 침을 바지에 닦은 뒤 입술 위에 갖다 댔다. 콧수염이 착 붙는 것을 느끼면서 오거스터스는 싱글벙글 웃었다.

"드디어 온전한 콧수염이! 우리는 정말 완벽한 한 팀이에요, 괴물님. 그럼 저는 아래층에서 한두 가지만 더 준비하고 있겠습니다. 제가 장담하는데, 잊지 못할 파티가 될 겁니다, 괴물님."

21. 수상한 편지

베서니는 30분쯤 뒤 잠에서 깨었다. 에벤에셀의 정강이를 뻥 차는 꿈을 잔뜩 꾸고 나니, 활활 불타는 분노는 은근히 열 받음 정도로 변해 있었다. 아직도 화는 났지만 에벤에셀을 지구에서 아예 없애 버리고 싶은 마음은 들지 않았다. 오거스터스에게 제대로 기회를 주겠다는 약속만 다시 해 준다면, 에벤에셀의 생일을 망칠 이유는 없었다. 이 파티를 제대로 열기 위해서 베서니가 얼마나 많은 준비를 했는지를 생각하면 더욱 그랬다.

베서니는 하품을 하며 잠을 떨어내고, 스웨터 냄새를 쿵쿵 맡아 보고, 문을 열었다. 에벤에셀이 방문 앞에서 자고 있을 줄 알았는데, 거기 있는 것은 에벤에셀이 아니라 에벤에셀이 직접 쓴 편지였다.

베서니에게

생일 하루 전날 아주 다양하게 심한 말을 퍼부어 줘서 정말 고맙다. '시샘 대마왕'이라고도 하고, '똥 덩어리 머저리'라고도 하고 '멍텅구리 아저씨'라고도 했지. 네가 나를 얼마나 우습게 보는지를 뼈저리게 깨달았어.

이만 여길 떠나, 다른 어딘가에서 진짜 친구를 찾아야 한다는 것을 확실히 알려 줘서 고맙다. 네가 이 편지를 볼 때쯤 나와 머들은 과자 가게 트럭을 타고 멀리 떠나 있을 거야. 머들과 함께 딸기딸기 맛 지팡이 사탕을 잔뜩 먹으면서.

내가 금방 돌아올 거라고 생각한다면 착각이야.

다시 한번 고맙다.

- 에벤에셀 트위저

추신: 네가 만든 으깬 머루 샌드위치는 사실 한 번도 맛있었던 적이 없어.

베서니는 읽으면서도 자신의 눈을 믿을 수 없었다. 에벤에셀이 스스로의 생일을 기념해 꾸민 짓궂은 장난이 아닐까 생각했다.

계단을 뛰어 내려간 베서니는 유난히 좋아하던 재킷을 입

199

은 에벤에셀의 뒷모습을 발견하고 가슴을 쓸어내렸다. 하지만 다시 보니 그 옷을 입은 사람은 에벤에셀이 아니라 오거스터스였다.

"본인 옷 아니잖아요."

"이제는 내 거다."

이렇게 대답한 오거스터스는 재빨리 고쳐 말했다.

"그러니까, 잠시는 그렇다는 거야. 에벤에셀이 집을 떠나 있는 동안 에벤에셀의 물건을 무엇이든 써도 좋다고 괴물님이 그랬거든."

"이 편지가 진짜라는 거예요?"

베서니는 입이 떡 벌어졌다.

"에벤에셀이 떠났다고요?"

오거스터스는 베서니의 손에서 편지를 낚아채었고, 여러 번 헉 소리를 내면서 읽었다.

"진짜인가 본데, 베서니. 그리고 에벤에셀이 한동안 돌아오지 않는다는 뜻 같구나."

오거스터스의 콧수염이 함께 속상해하듯이 떨렸다. 베서니는 오거스터스의 없던 수염 반쪽이 신기하게도 밤새 자라나 있는 것을 발견했다.

"베서니, 네가 정말 속상하겠구나. 내가 이 집에 오지 않았더라면, 내가 네 인생에 다시 나타나지 않았더라면…… 하아, 나는 이게 다 내 잘못 같다는 생각이 들어."

베서니는 편지를 다시 낚아챘다. 눈송이의 크기로 조각조각 찢어 버리고 싶은 마음이 굴뚝같았지만 그러지 않았다. 정확하게는 알 수 없지만 편지 어딘가가 이상하다는 기분이 들었기 때문이다.

"에벤에셀이 우리 딸한테 너무하는 것 같아."

오거스터스는 고개를 절레절레 흔들었다.

"네가 오늘 이 파티를 열려고 얼마나 노력했는지 생각하면 더욱 그래."

"파티는 안 열 거예요."

베서니는 성난 눈으로 또 한 번 편지를 노려보며 단호하게 말했다.

"파티 취소. 그리고 앞으로도 다시는 에벤에셀을 위해서 뭘 준비하지 않을 거예요."

오거스터스는 깊이 생각하듯이 콧수염을 살짝 당기고는 말했다.

"그런데 말이야, 에벤에셀 없이도 에벤에셀의 생일 파티를 열면 더욱 재미나지 않겠니? 에벤에셀이 나중에 알고, 오지 못한 걸 얼마나 아쉬워하겠어."

"그러네요!"

베서니가 힘차게 대답했다. 모두의 관심을 한 몸에 받을 기회를 놓쳤다는 것을 나중에 알았을 때, 에벤에셀은 얼마나 아깝다고 생각할까.

"그런데…… 손님들한테는 뭐라고 말해요?"

"에벤에셀이 어디에 있냐고 묻는 사람이 있으면, 그냥 옷을 차려입느라 시간이 좀 걸린다고 말하면 돼. 그러면 누가 의심하겠어."

오거스터스는 이어 말했다.

"그리고 우리끼리는 다른 의미로 파티를 즐기는 거야. 너와 내가 다시 서로의 인생에 나타난 것을 축하하는 파티로!"

베서니는 쿵쿵거리는 걸음으로 밖으로 나갔다. 파티에 어서 오고 싶어 하는 첫 손님들이 저마다 한껏 꾸민 파티 복장을 하고 15층 집의 정원에 도착하고 있었다.

에드워드는 일부러 엄마 아빠에게서 떨어져서, 도마뱀 여인 바버라와 우체부 파울로와 함께 있었다. 스스로를 오늘 생일 파티의 경비대 대장으로 뽑은 에드워드는 그 일을 잘 해내겠다는 굳은 결심으로 모두를 의심스럽게 노려보았다.

글로리아 쿠삭은 우주 헬멧 위에 높다란 모자를 쓴 '우주인 목동' 복장을 하고 왔다. 자기가 올라갈 무대가 없다며 함

께 온 엄마 아빠에게 무대를 짓게 하더니, 탭댄스를 추려고
다리를 풀었다.

오거스터스가 글로리아에게 오늘 공연을 시켜 주지 않는
다고 말했을 텐데? 하긴 글로리아가 말을 들을 리 없지, 하고
베서니는 생각했다. 글로리아의 공연을 꾹 참고 보는 괴로움
에서 에벤에셀 혼자만 벗어난 것 같아 짜증이 났다.

그때 새 가게 주인이 여러 새들을 데리고 나타나자 베서니
는 곧바로 생각했다. 멍텅구리 아저씨가 있었더라면 얼마나
좋아했을까.

"에벤에셀이 이 자리에 없는 건 아무래도 참 아쉽네."

오거스터스가 베서니에게 다가오며 말했다.

"뭐, 자기만 아쉽죠. 재미없는 생일이나 보내라지."

베서니의 말에, 오거스터스는 씨익 웃으며 말했다.

"에벤에셀은 그 어느 때보다도 재미없는 생일을 보낼 거야, 딸."

22. 하필 이런 때 진지한 대화라뇨

에벤에셀과 머들은 갖은 애를 쓰다가 마침내 함께 일어설 수 있게 됐다. 그래서 함께 이상하게 몸을 흔들거리며, 폴짝폴짝 혼합실 쪽으로 가고 있었다.

"아니, 장식용 끈을 이렇게나 질기게 만들어 놓은 이유가 도대체 뭐예요?"

고꾸라져서 바닥에 얼굴 찧기를 여섯 번째 정도 했을 때 에벤에셀이 머들에게 물었다. 에벤에셀이 입은 셔츠도 점점 더 구겨져 갔다.

"누가 이걸로 몸이 묶일 줄 알고 만들었나요!"

머들은 눈을 덮는 파란색 머리카락을 후 불어 걷어 내고는 덧붙였다.

"파티에서 무슨 난리가 나든 끊어지지 말라고 튼튼하게 만든 것뿐이에요."

"그런데 아까부터 다들 무슨 파티를 얘기하는 거예요? 나만 초대 못 받은 파티인 건 분명한 것 같지만."

에벤에셀의 목소리에 서운함이 묻어났다.

"에벤에셀이 초대받지 못한 건 에벤에셀이 주인공이어서 그래요. 베서니가 에벤에셀을 위해서 준비한 파티거든요. 깜짝 파티인데 이렇게 말해 버려서 미안해요."

"베서니가 나한테 파티를 열어 준다고요? 아아, 끔찍하게 죽임을 당하더라도 파티에 갔다 온 다음에 당하면 안 되나?"

진심으로 감동을 받은 에벤에셀이 이어 말했다.

"생일에 깜짝 선물을 받는 건 처음이에요. 뭐, 괴물이 날 깨워서 내 고양이를 잡아먹겠다고 통보한 일도 깜짝 선물이라고 치면 모를까."

두 사람은 다시 불안정하게나마 두 발로 일어섰다. 그때 에벤에셀은 오거스터스가 새로 만든 까마귀 로봇들을 보았다. 하나같이 죽은 듯 계산대 위에 놓여, 주인의 명령을 기다리고 있었다. 에벤에셀은 어쩐지 그렇게 전원이 꺼진 모습이 작동할 때 모습보다 더 으스스해 보인다고 생각했다.

"거의 다 왔어요."

머들은 불안정한 목소리로 옛날 노래를 부르기 시작했다.

"작은 토끼야, 뛰어 보렴, 깡충, 깡충, 깡충!"

두 사람은 몹시도 진지하게 "작은 토끼야, 뛰어 보렴, 깡충, 깡충, 깡충!" 하고 노래를 부르면서 '깡충'이라는 가사가 나올 때마다 힘을 합쳐 동시에 뛰었다. 이내 힘을 합해 혼합실 앞에 이르자, 머들이 혼합실 문을 발로 차서 열었다.

"이 안에 끈을 자를 만한 뭔가가 있을 거예요."

머들의 말에, 에벤에셀이 지적했다.

"그게 무슨 도움이 될지 모르겠어요. 오거스터스가 가게 문을 다 잠가 놨잖아요!"

"제 주머니에 열쇠가 있어요."

"그렇긴 하지만, 그걸로 여는 자물쇠는 가게 바깥에 달려 있잖아요."

"그건 그때 가서 고민하기로 해요, 에벤에셀. 자, 뛰어라, 작은 토끼야, 깡충, 깡충, 깡⋯⋯."

머들은 에벤에셀의 파티를 위해 몰래 준비한 모든 것이 혼합실에 있다는 사실을 깨달았다. 그 모든 것을 보고 만 에벤에셀은 입이 떡 벌어졌다.

먹을 수 있는 에벤에셀이 혼합실을 가득 채우고 있었다. 파란 산딸기 맛 에벤에셀부터 얼룩말 무늬의 멜론 맛 에벤에셀

까지 온갖 에벤에셀들이 서로를 보며 장난스러운 웃음을 짓고 있었다. 에벤에셀이 살아온 수많은 시대를 반영한 다양한 옷이 사탕으로 입혀져 있었다. 손님에게 나눠 주는 선물 봉투 속을 보니 화이트 초콜릿으로 만든 조끼, 민트 맛 스카프, 씹어 먹을 수 있는 거울을 포함해 에벤에셀다운 여러 물건이 아주 조그만 크기의 과자로 만들어져 있었다. 더욱 민망하게도, 모든 벽에 에벤에셀의 사진이 가득했다. 머들이 그 사진들을 봐야…… 영감이 떠오르기 때문이었다.

"저, 저는…… 뭐라고 해야 할지 모르겠네요."

이 모든 것을 둘러보며 에벤에셀이 말했다.

"저의 예쁜 모습을 저도 높이 평가하지만, 머들이 저보다

저를 더 높이 평가하시는 것 같은데요. 그건 분명히 어떤 의미가 있는 일이에요."

에벤에셀은 공원에서 함께한 소풍을 포함해, 요사이 머들과 둘이서 보낸 시간들을 모두 다시 떠올려 보았다. 천천히, 아주아주 천천히, 깨닫는 것이 있었다.

"머들, 혹시 저를…… 좋아하십니까?"

에벤에셀이 조심스럽게 물었다.

"그러니까, 베서니가 뽕뽕이 방석을 좋아하고, 괴물이 시끄러운 간식을 좋아하는 것처럼 저를 좋아하시는 거예요?"

머들은 견디기 힘들어하며 말했다.

"못 본 척해 주세요, 에벤에셀! 지금이 이런 대화를 할 때는 아니잖아요!"

"머들, 이런 지적 하기 싫지만, 이런 대화든 저런 대화든 할수 있는 마지막 시간이 될 수도 있어요."

"그런 말 하지 마세요, 에벤에셀. 우리는 살아 나가서 베서니를 구해야 해요. 에벤에셀이 쓴 편지는 아무 힘이 없어요. 오거스터스는 그 편지 따위 신경도 안 쓰고, 하려던 짓을 할 거라고요."

절박하게 말한 머들은 유난히 날카로운 계산대 모서리 쪽으로 뒤뚱뒤뚱 에벤에셀을 이끌고 갔다.

"여길 봐요!"

머들은 이야기를 돌릴 수 있어서 기뻤다.

"이 모서리에 끈을 대고 계속 깡충깡충 뛰자고요. 그러면 모서리에 끈이 닳아 잘릴 것 같아요!"

"이야기해 주셔야 깡충깡충 뛸 겁니다."

에벤에셀은 이런 문장을 말하는 것을 상상해 본 적이 없었다.

"저한테 하고 싶은 말을 해 주세요, 머들."

머들은 깡충깡충 뛰기 시작했다. 에벤에셀은 꿈쩍도 하지 않았다. 머들은 짜증이 나서 꺅 소리를 지른 뒤 횡설수설 말했다.

"저는 당신이 꿀벌의 잠옷 같고 고양이 무릎 같다고 생각해요. 알겠어요? 뛰어요! 당신은 제가 지금까지 본 사람 중에 가장 어이없고 멋진, 뛰어요!"

먹을 수 있는 파티 장식용 끈이 모서리에 조금씩 닿기 시작했다.

"당신은 친절하고, 뛰어요! 웃기고, 뛰어요! 세상에서 옷입기 감각이 가장 뛰어난! 사람이에요!"

머들은 에벤에셀에게 자기 마음을 고백하는 상상을 여러 번 해 보았다. 먹을 수 있는 에벤에셀을 앞에 두고 연습해 본 적도 몇 번 있었다. 하지만 서로 등을 댄 채 꽁꽁 묶여서, 얼굴도 쳐다보지 못한 채 고백하게 될 거라고는 한 번도 상상하지 못했다.

"당신이 베서니와, 뛰어요! 같이 있는 모습이 좋아요. 베서니를 정말 소중하게 생각하는 게 보이니까요. 동네에서 착한 일을 하고, 뛰어요! 돌아다니는 모습도 좋아요. 우리 가게 창문에 자기를 비춰 보는 모습조차 뛰어…… 아니, 좋아요. 뛰어요!"

머들은 부끄러워서, 그리고 뛰느라 힘들어서 숨을 몰아쉬었다.

"당신 모습을 보는 게 좋아요. 당신을 더 많이 보고 싶어요, 당신이 좋다고 하면요. 물론 싫다고 해도 괜찮아요…… 뛰어요! 그러면 여기서…… 살아 나간 뒤에 우리 가족이 과자 가게를 하는 파리로 이사 가면 되거든요. 거절당하고 나서 당신을 또 마주치는 건 죽도록 민망할 테니까. 뛰어요!"

순간 머들과 에벤에셀은 장식용 끈에서 풀려났다. 내내 함께 묶여 있다가 자유로워지니, 둘 다 고꾸라져서 바닥에 얼굴을 찧었다.

머들은 서둘러 일어났지만, 에벤에셀은 그대로 엎드려 있었다. 일반적으로 자연스럽다고 여길 만한 시간보다 훨씬 오랫동안.

"아아, 도저히 나를 못 보겠어서 안 일어나는 거죠, 에벤에셀?"

걱정스러워 파란 머리카락 한 가닥을 돌돌 말면서 머들이 물었다.

사실, 에벤에셀은 기분이 좋아서 환하게 웃고 있었다. 길고 긴 세월 동안 자신의 아름다움과 훌륭함에 스스로 감탄하며 사느라, 다른 사람도 자신에게 감탄하리라고는 생각하지 못했다. 특히 머들 같은 사람이 말이다.

에벤에셀은 바닥에서 몸을 일으켜, 자신이 아닌 다른 사람에게도 칭찬이라는 것을 해 보아야겠다고 마음먹었다. 하지만 한마디를 꺼내기도 전에, 뒤에서 끼익 끼익 금속의 소리가 났다.

까마귀 로봇들이 하나하나 깨어나기 시작했다. 그들의 붉은 눈이 하나같이 에벤에셀과 머들을 향하고 있었다. 에벤에셀이 마른침을 꿀꺽 삼키며 말했다.

"착각이었어. 작동할 때 훨씬 더 무서워."

23. 위험한 선물

15층 건물의 정원에서 오거스터스가 이상한 리모컨 같은 것을 만지작거리는 모습이 보였지만 베서니는 그리 신경을 쓰지 않았다. 지금 베서니에게 중요한 건 에벤에셀의 편지를 다시 읽는 일뿐이었다.

읽으면 읽을수록 이상했다. 말이 안 되는 점이 한둘이 아니었다.

에벤에셀은 베서니가 만든 으깬 머핀 샌드위치를 세상에서 가장 많이 먹은 사람이었다. 처음 개발하던 시기, 그러니까 목숨을 걸고 먹어야 할 만큼 위생 문제가 심각했을 때부터 먹었다. 하지만 편지에서 에벤에셀은 으깬 '머루' 샌드위치라고 썼다. 그리고 생일에 딸기딸기 맛 지팡이 사탕을 먹겠다고 했는데, 에벤에셀이라면 어떤 과자든 산딸기 맛을 고를 것이 분명했다.

편지에서 에벤에셀은 '멍텅구리 아저씨'라고 불리는 게 싫다고 했는데, 에벤에셀이 자기 이름을 '에벤에셀 멍텅구리 트위저'라고 개명하는 법적 절차를 알아본 것이 고작 한 달쯤 전이었다.

하지만 베서니가 보기에 가장 이상한 점은 '고맙다'라는 말을 한 번도 아니고 두 번도 아니고, 세 번이나 썼다는 점이었다.

"나의 열혈 팬, 공연 곧 시작할까? 관객들이 내 공연을 많이 기다리고 있는 것 같아서."

글로리아의 말에, 베서니는 편지에서 눈을 들어 주변을 노려보았다. 내내 계획했던 것처럼 느긋하고 기분 좋은 파티가 아닌 것 같아 짜증이 났다.

에드워드는 어느 풍선을 쿵쿵거리면서 의심스러운 표정과 토할 것 같은 표정을 번갈아 지었다. 에이미 클루는 과자 봉투에서 줄줄 새어 나온 어떤 액체에 미스 릴리파이의 몸이 다 젖어 속상했다. 무용수 할머니 모린과 상냥한 노부인은 컵케이크 같은 것에 틀니가 박혀 빠지지 않는 듯했다.

파티가 왜 이 모양이 된 건지 베서니는 알 수가 없었다. 하지만 글로리아에게 공연을 시킨다면 파티는 한층 더 고약해질 게 뻔했다.

"지금은 아냐, 글로리아."

베서니의 말에, 글로리아는 쓰고 있는 정장 모자에서 〈글로리아 신문〉 최신 호를 꺼내 보여 주었다.

"여기엔 지금이라고 되어 있잖아. 신문이 틀리는 거 봤어?"

참을성이 바닥난 생일 파티 손님들
- 만능 가수 글로리아의 노래를
'지금 당장' 듣고 싶다고 요구하다.

"파티에 오기도 전에 이 기사를 쓴 거야? 넌 정말 어처구니없어."

"아닌데, 난 기자로서 훌륭한 거야. 실제로 일어나기도 전에 어떤 소식을 알아채는 게 내 일이니까."

자기를 변호한 글로리아는 이렇게 물었다.

"그러면 동네에서 가장 인기 있는 가수의 공연을 보고 싶다는 대중의 요구를 들어주겠어?"

"도대체 몇 번이나 말해야 해? 오늘 공연에 네 무대는 없다고. 안 되겠다. 넌 이제 공식적으로 이 파티에 참석 금지야."

혼란스럽고 화나는 마음으로 괴롭던 베서니는 글로리아에게 화풀이를 했다.

"네 어이없는 모자도 신문도 탭댄스 신발도 다 보기 싫으니까 꺼…… 꺼……."

그때 베서니의 눈에 무언가가 들어왔다. 잔디밭 한가운데에 엄청나게 커다란 선물 상자가 주홍색 리본에 묶인 채 놓여 있었다.

"혹시 네 공연 소품이야?"

베서니는 글로리아에게 침을 튀기면서 물었다. 글로리아가 한 발을 세게 굴러 정원 흙이 움푹 팼다.

"당연히 아니지. 말이 나와서 말인데, 어젯밤에 내 멋지고 멋진 공연 소품들이 감쪽같이 사라졌어. 누가 우리 엄마 아빠 극장에 침입해서 훔쳐 간 게 분명해."

근처에서 이 대화를 들은 버나클 박사는 말했다.

"우리 골동품 가게에서도 몇 가지 없어진 게 있는데. 특히 헨리 왕 8세가 부인들의 머리 크기를 재던 줄자가 없어졌어."

우체부 파울로도 말했다.

"참 이상한 일이네요. 사실 저도 오늘 우편 가방을 들어 올릴 때, 많이 가벼워졌다는 느낌이 들었거든요."

베서니는 이웃들이 잃어버린 물건 이야기에는 관심이 없었다. 거대한 선물의 정체만이 궁금했다. 오거스터스에게로 쿵쿵거리며 다가간 베서니는 이 선물을 누가 가져왔느냐고 물었다.

"전혀 모르겠는데."

오거스터스는 손에 든 리모컨에서 버튼 하나를 누르며 이어 말했다.

"직접 머리를 써서 선물에 달린 이름표를 확인하지 그래? 거기에 선물을 보낸 사람이 적혀 있을 것 같은데."

베서니는 오거스터스의 말투가 어딘가 모르게 차가워서 기분이 좋지 않았다. 하지만 짜증 나게도 오거스터스의 말이 옳았다. 그리고 베서니가 에벤에셀 때문에 심란하지만 않았더라면 스스로 했을 법한 일이었다.

베서니는 선물로 다가가서 이름표를 뒤집어 보았다.

베서니에게
- 에벤에셀이

베서니는 흑백으로 적힌 자기 이름을 보고 놀라서 눈을 깜박였다. 오거스터스에게 그걸 말하려고 돌아섰는데, 오거스터스는 어느새 그 자리에 없었다.

이 커다란 선물의 수수께끼를 푸는 법은 열어 보는 것밖에 없었다. 포장지를 찢기 전, 베서니는 지금의 이상한 상황을 이해하게 해 주는 답이 들었을지도 모른다는 기대가 들었다. 하지만 포장지를 찢자 나온 것은 훔친 물건들이었다. 이웃들에게서 훔친 물건이 잔뜩 쌓여 있었다.

비둘기 키스의 털을 고를 때 쓰는 족집게도 있고, 무용수

할머니 모린의 곡예용 칼도 있고, 그 칼 못지않게 날카로운, 고기 뜯기 전용 틀니도 있었다. 버나클 박사의 골동품 줄자가 파울로의 도둑맞은 편지들과 글로리아의 희한한 무대 소품들 사이에 놓여 있었다. 머들의 토치도 보이고, 베서니가 전혀 알 수 없는 물건들도 보였다.

"저건 내 롤러스케이트잖아!"

베서니의 뒤에 있던 도서관 사서가 헉 놀라며 말했다.

"내가 좋아하는 머그잔!"

요양사 민디가 말했다.

"내 청진기 중 두 번째로 좋은 청진기는 왜 가져간 거야?"

버나클 박사가 말했다.

"내 원숭이 채찍을 돌려줘!"

바버라가 말했다.

이내 도둑맞은 자기 물건을 되찾으려는 사람들 목소리로 시끄러워졌다. 베서니는 이게 다 무슨 일인지를 말해 줄 누군가를 찾아 절박하게 사람들을 둘러보았다. 사라진 오거스터스는 아직도 보이지 않았고, 제프리도 아직 파티에 오지 않았다. 이 두 사람과 에벤에셀, 그리고 머들이 없으니 베서니는 북극에 홀로 선 야자나무처럼 외로웠다.

"도…… 도대체 무슨 일인지를 모르겠어."

베서니의 말에, 도마뱀 여인 바버라가 소리쳤다.

"모르긴 뭘 몰라! 너는 여태 착한 일을 한 게 아니라, 도둑질을 한 거야!"

글로리아와 글로리아의 엄마 아빠도 베서니를 노려보았다. 요양사 민디와 버나클 박사도 마찬가지였다.

"아니에요, 제가 한 게 아니에요. 제가 안 그랬어요."

베서니의 말에 도서관 사서는 코웃음을 치며 말했다.

"참 나, 이름표에 네 이름이 적힌 거 우리도 다 봤거든."

"여태 우리 새들과 묘기 연습한 게 다 이런 파티를 위한 헛수고였다니, 어이가 없네."

비둘기 키스의 씁쓸한 맞장구와 함께 새 가게 주인이 이어 말했다.

"네가 준비한 공연은 떡하니 우리 물건을 훔쳤다고 자랑하는 거였구나!"

베서니가 아니라고 할수록 이웃들은 더 믿지 않았다. 베서니는 다시 자기도 모르게 사람들 사이를 살폈다. 자기편을 들어 줄 누군가…… 그 누군가를 찾아서.

갑자기 낯익은 에벤에셀의 얼굴이 집 뒤편에서 나타났다. 에벤에셀이 국자로 냄비를 두들기면서 사람들을 주목시켰다.

세상에서 가장 친한 친구를 다시 본 베서니는 너무나 기뻤다. 그래서 곧장 달려가, 평소처럼 머리를 쓰다듬어 달라고 하는 게 아니라 에벤에셀을 끌어안을 뻔했다. 어쩌면 이 선물부터가 에벤에셀이 정교하게 꾸민 장난일지도 몰랐다. 자기를 놀라게 할 파티가 열린다는 것을 알아채고는, 자기가 먼저 사람들을 놀라게 하려고 꾸민 장난 말이다.

만약 그 짐작이 맞는다면 베서니는 에벤에셀에게 한마디, 아니, 여러 마디 실컷 쏘아붙이고 정강이도 실컷 걷어차야겠다고 생각했다.

"진정하세요, 여러분! 제가 다 설명해 드리겠습니다. 잠시만 집중해 주세요."

에벤에셀이 다시 냄비를 두들기며 소리쳤다. 사람들이 서로를 조용히 시켜, 이내 작은 웅성거림만 남았다.

"이 모든 게 아주 간단한 이야기입니다."

에벤에셀은 냄비로 마을 사람들이 잃어버렸던 물건들을 가리켰다.

"여러분 물건이 베서니에게 있는 이유는, 베서니가…… 악마 같은 녀석이기 때문입니다."

24. 괴물의 파티 구경

괴물은 베서니의 파티가 어떻게 흘러갈지 어서 보고 싶었다. 이 특별한 볼거리를 즐기기 위해 정장과 정장 모자, 알 세 개짜리 공연 감상용 안경까지 토해 냈다. 하지만 안타깝게도 파티 구경이 생각했던 것만큼 즐겁지가 않았다.

괴물이 어마어마하게 사악하던 시절에는 음료를 한 잔 마시면서 동네 사람들이 베서니를 비난하는 모습을 구경하는 것이 그렇게 재미날 수가 없었다. 하지만 지금은 이상하게도 마음이 허했다. 마치 푸들을 잡아먹으려고 커다랗게 한입 물었는데 맨송맨송한 솜사탕이었다는 걸 깨달은 것처럼 말이다.

아래에 펼쳐진 광경을 감상해야 하는데, 자꾸만 수업용 필기판을 흘깃거렸다. 베서니의 고생을 즐기려 하면 할수록 에벤에셀과 베서니가 지난 몇 달 동안 주입시킨 망할 수업 내용이 떠올랐다.

오거스터스가 무슨 다른 장난을 준비했는지 알아내고 싶은 마음조차 들지 않는다는 사실에도 괴물은 놀랐다. 파티를 초 칠 물건들을 토해 파티장 곳곳에 늘어놓은 것도 갑자기 마음이 불편해지기 시작했다.

괴물은 다락방 뒤편에 뚫린 구멍에서 등을 돌리고, 뒤뚱뒤뚱 걸어갔다. 손가락을 꿈틀거려 세 알 안경을 눈 셋에 맞는 수면 안대로 바꾸고, 모자에는 소음을 차단해 주는 기능을 더해 혀 두 개로 끌어 내려 귀를 덮었다.

괴물은 잠시 쉬기로 했다. 좀 쉬고 나면 기분이 돌아올 것 같았다.

25. 그 소중하던 우정은 어디로

"뭐라고요?"

베서니가 물었다.

이게 다 에벤에셀이 꾸민 이상한 장난 같은 거라면, 정도가 너무 지나쳤다.

"그렇습니다. 이 악마 같은 녀석은 모두에게 해를 끼쳐요. 그 사실을 그 누구보다 잘 아는 건 저겠지요, 지난 한 해 동안 이 녀석과 함께 살았으니."

에벤에셀과 너무도 똑같이 생긴 남자가 이어 말했다.

"눈부시게 아름답고 근사한 우리 집으로 이 녀석을 처음 데려올 때부터 알았지요, 상당한 골칫거리라는 것을요. 땅에서 지렁이를 파내어 다른 아이의 콧구멍에 쑤셔 넣는 일만이 즐거운 일이라고 생각하며 도 넘는 장난을 일삼던, 버릇없는 콧물 범벅의 악동이 베서니였습니다."

에이미 클루를 비롯해 보육원에서 온 아이들이 서로 눈빛을 주고받았다. 베서니가 그런 아이였던 시절을 모두가 생생하게 기억했기 때문이다. 어른들은 베서니가 바버라의 코끼리들에게 설사약을 먹이거나 사서가 좋아하는 책들의 마지막 장을 찢어 내버리던 때를 떠올렸다.

"그런데도 저는 베서니를 제 인생에 받아들였죠."

에벤에셀을 닮은 남자는 이어서 설명했다.

"베서니가 절대 자기 옷을 못 빨게 해도 저는 스웨터를 사 줬습니다. 샌드위치에 온갖 못 먹을 재료를 으깨 넣어도 다 봐줬습니다. 심지어 머들의 과자 가게에서 일자리를 얻은 것도 제 도움 덕분입니다."

베서니는 에벤에셀이 이런 말을 하는 이유를 도저히 알 수 없었다. 그러다가 오싹하게 소름이 돋았다. 사람들 앞에서 말하는 남자가 멍텅구리 아저씨가 아닌지도 모른다는 생각이 들었기 때문이다.

"베서니가 좋은 쪽으로 변한 것 같은 시절도 잠시 있었죠. 하지만 자기 엄마 아빠가 그냥 도둑 정도가 아니라 살인자들이었다는 것을 알게 된 뒤로, 베서니는 다시 본 모습으로 돌아갔어요. 이따금 착한 일 한두 가지를 하는 척했지만, 마음에서 우러나오는 행동이 아니었습니다. 속으로는 엄마 제미마, 아빠 오거스터스 같은 사람으로 살고 싶었거든요."

오거스터스라고 말할 때 그 남자의 입술이 비열한 미소를 띠었고, 그 순간 베서니는 확실히 알았다. 그 남자가 에벤에셀이 아니라 자기 아빠라는 것을.

그래도 그가 이러는 이유까지 알 수 있었던 것은 아니다. 너무 갑작스럽고 용서할 수 없을 만큼 잔인한 배신이어서 베서니는 얼얼함에 말도 나오지 않았다.

오거스터스가 에벤에셀의 입술로 말했다.

"여기 있는 베서니는 자기 부모가 자랑스러워할 만한 도둑질 계획을 짰습니다. 지난 며칠 동안 저 콧물 끈적한 손으로 남의 것을 훔쳤어요. 이곳저곳을 다니며, 물건 주인이 사라졌다는 걸 깨닫지도 못할 만큼 사소한 물건들에 손을 댔습니다. 그런 뒤에 여러분 모두를 이 파티로 끌어모은 것이지요. 여러분의 물건들을 훔치기만 한 게 아니라, 자기가 훔쳤다는 걸 자랑하려고!"

베서니는 자기를 빤히 쳐다보는 이웃들의 눈길을 느꼈다. 오거스터스가 사실과 거짓을 짜깁기해서 만든 덫에 베서니가 걸리고 만 것이었다.

오거스터스는 외쳤다.

"저기, 저 열기구 집이 보이십니까? 수풀 사이로 쓸쓸하게 쭈그러들고 있는 풍선 말입니다. 베서니는 여러분 앞에서 훔친 여러분의 물건들을 공개한 다음에, 저 열기구를 타고 달아날 계획이었습니다. 이 동네를 벗어나 세계 곳곳을 다니며 진귀한 것들을 훔치려 한 겁니다. 하지만 저는 베서니가 그런 일을 하도록 내버려둘 수가 없습니다. 베서니, 이제 더는 네 못된 짓들을 보아 넘기지 않을 거야!"

"아니에요! 하나도 사실이 아니에요!"

베서니는 항변하고, 마을 사람들은 야유했다.

"그리고 저 사람은 에벤에셀이 아니에요! 변장한 오거스터스예요!"

"겨우 생각해 낸 게 그거냐, 베서니?"

오거스터스가 에벤에셀처럼 보이는 머리를 절레절레 흔들고는 이어 말했다.

"너는 너희 부모에게 있던 귀신같은 노련함이 없구나. 왜, 이제 내가 이 옷을 다 훔쳤다고도 하지 그래."

"우리 이제…… 베서니를 어떻게 하죠?"

새 가게 주인이 말했다. 슬픔, 분노, 배신감, 실망이 섞인 표정으로 마을 사람들이 점점 베서니를 둘러쌌다. 오거스터스는 씨익 웃으며 말했다.

"더는 나쁜 짓을 하며 살지 않을 때까지 감옥에 처넣어야 할 것 같은데요. 안 그렇습니까?"

감옥에 처넣어야 한다는 말, 그리고 그 말을 할 때 비친 오거스터스의 만족스러운 표정에서 베서니는 깨달았다. 이것은 며칠 전 오거스터스를 감옥에 보내겠다고 협박한 베서니에 대한 오거스터스의 복수임을.

오거스터스는 외쳤다.

"파티에 오신 분 중에 경찰을 부를 용기나 권력이 있는 분 계세요? 이 괴물 같은 아이를 감옥에 처넣어 우리 모두를 구해야 하지 않겠습니까? 몇 년은 감옥에서 보내야 정신을 차릴 아이니까요!"

에드워드가 재빨리 마을 경비대 소집용 호루라기를 꺼내, 숨찰 때까지 열심히 불었다. 그러고는 자랑스럽게 말했다.

"바로 저한테 경찰을 부를 권력이 있어요! 용의자가 달아나지 못하게 붙잡아 준다면, 제가 경찰관님을 호출하겠습니다."

오거스터스는 말했다.

"베서니의 배낭에 나무로 된 뱀이 있어요. 그 뱀을 감아서 입이 꼬리를 물게 하면, 수갑 대신으로 쓸 수 있을 거예요."

229

에드워드는 경찰에게 전화를 하러 15층 집으로 들어갔다. 도마뱀 여인 바버라는 베서니의 두 손을 등 뒤로 하여 잡았고, 새 가게 주인은 베서니의 가방에서 구불구불 박사 2세를 꺼내 베서니의 손목에 수갑처럼 채웠다.

오거스터스는 동네 사람들이 베서니를 끌고 정원을 가로질러 오는 모습을 보며 씨익 웃었다. 베서니는 발길질하고, 물고, 휩쓸리지 말고 생각해 보라며 소리치고 애원했다. 이웃 대부분이 베서니의 적이 되다니. 오거스터스의 계략이 생각보다 더욱 잘 풀려 가고 있었다.

이웃들은 서 있는 오거스터스 앞에 베서니를 끌어다 놓았다. 베서니는 오거스터스에게 사납게 따졌다.

"머들이랑 멍텅구리 아저씨한테 무슨 짓 했어? 제프리는 어디 있고?"

"제프리는 모르겠는데……."

오거스터스는 사람들이 보고 있다는 걸 떠올렸다.

"아, 물론 나머지 둘도 나야 모르지. 대체 무슨 소리를 하는지 모르겠네. 아직도 내가 에벤에셀이 아닌 것처럼 사람들을 속이려 애쓰다니, 기가 막히는구나. 사람들이 눈이 없다고 생각해?"

구불구불 박사 수갑에서 풀려나고 싶어 버둥거리는 베서

니를 더욱 세게 붙들면서, 새 가게 주인이 말했다.

"우리를 바보로 보는 거겠죠. 그러니까 그렇게 우리 물건을 훔쳤지."

"그 말씀이 맞겠네요."

오거스터스가 씁쓸한 척하면서 한숨을 내쉬었다. 그러고는 몸을 숙여, 베서니 말고는 아무도 듣지 못하는 작은 소리로 속삭였다.

"네가 경찰차를 타고 가는 동안, 네 친구들은 내가 다 불태워 버릴 거야. 네 엄마처럼 네 친구들도 까만 재로 만들어 버

릴 거라고."

오거스터스는 다시 몸을 펴고 베서니의 어깨를 토닥였다. 그러고는 이웃들에게 주문했다.

"자, 데려가세요."

이제 베서니는 사람을 물지도 발길질하지도 소리를 지르지도 않았다. 그 어떤 저항도 하지 않았다. 에벤에셀과 머들이 불타서 재가 되어 버린다는 생각에, 베서니는 힘이 다 풀려 버렸다.

베서니는 아무도 듣지 못할 만큼 희미한 목소리로 내뱉었다.

"다 내 탓이야. 당신을 받아 주지 말아야 했어."

이웃들은 베서니를 데리고 정원 입구로 나가, 경찰차가 오기를 기다렸다.

오거스터스는 한 명도 빠짐없이 나가기를 기다렸다가 리모컨을 꺼내 까마귀들에게 '불태워라' 신호를 보냈다.

"자동 비행 모드."

중얼거리며 말한 오거스터스는 리모컨을 집 안에 둔 뒤 다시 밖으로 나왔다. 경찰이 베서니를 감옥으로 끌고 가는 구경거리를 놓칠 수는 없었다.

26. 까마귀의 공격

과자 가게에서 절반은 깃털에 덮이고 절반은 금속 몸이 드러난 까마귀가 부리를 벌리고 말했다.

"죽어…… 당장."

잠시 뒤, 깃털이 하나도 없는 여섯 마리의 새로운 까마귀도 같은 말을 내뱉었다.

에벤에셀과 머들은 서로에게 하고 싶은 말이 너무 많았지만, 이 말 한마디밖에 할 틈이 없었다.

"도망쳐요!"

에벤에셀은 가게 앞쪽으로 달려가 대문과 창문과 형형색색으로 진열된 과자들을 발로 찼지만 아무 소용이 없었다. 덧문을 열어야만 밖으로 나갈 수 있는데, 덧문은 거친 발길질에

도 꿈쩍을 하지 않았다.

　"그자가 뒷문도 막아 놨어요!"

　머들이 외쳤다. 까마귀들이 날개를 펼치고 가게 안을 날아
다니며, 토치를 넣어서 만든 부리에서 불을 뿜었다. 우선은
혼합실 안에 있는 먹을 수 있는 에벤에셀을 몽땅 발끝에서 머

리끝까지 녹여 끈적끈적한 액체로 만들어 버렸다. 그러고는
제프리의 케이크를 까만 재로 탈바꿈시켰다. 머들이 오늘의
파티를 위해 만든 모든 달콤한 것들이 불타 사라져 버렸다.

　통통 튀는 봉봉이 든 단지도, 휘파람 사탕이 놓인 선반도
불탔다. 〈거북이 탐정〉의 맛있는 탐정 모자와 몰리야티 교수

팝콘도 부글부글 끓는 곤죽이 되었다. 선반이 불꽃에 휘감기고, 유리 단지가 깨지고, 핥아먹을 수 있는 지팡이 사탕 미끄럼틀은 빨간색과 흰색의 맛있는 웅덩이로 변했다.

"여기서 끝이라는 게 믿기지 않아요."

머들은 에벤에셀이 조금이라도 더 오래 살아남게 하려고 에벤에셀의 앞을 가로막고 섰다.

"저는 제가 브로콜리를 먹다 목에 걸려 죽거나, 건강식 주의자들한테 공격당해 죽을 거라고 생각했어요."

"저는 제가 죽을 줄 몰랐어요."

이렇게 말한 에벤에셀은 머들이 자기보다 더 오래 살아남게 하려고 머들의 앞을 가로막고 섰다.

두 사람은 과자 가게의 부서진 대문에 등을 대고 붙어 섰다. 까마귀들이 일으킨 불이 점점 더 두 사람 가까이로 다가왔다.

이마는 땀으로 젖고, 연기를 너무 들이마셔 기침을 내뱉느라 이런 마지막 순간에 서로에게 하고 싶을 법한 말은 하나도 할 수 없었다.

그때 문 두드리는 소리가 들렸다.

토독, 톡, 톡, 톡.

너무나 조심스럽고 부드러운 노크여서, 에벤에셀도 머들도 정말 노크 소리가 들린 것인지 긴가민가했다.

토독, 톡, 톡, 톡…… 톡, 톡, 톡.

"음, 어, 머들, 안에 계세요? 정말 정말 죄송한데, 제가 마술 공연에 쓰려고 부탁드린 케이크가 다 됐나 하고 왔어요. 그게, 생일 파티가 벌써 시작된 것도 같아서요."

제프리였다.

불꽃이 에벤에셀과 머들의 발치에서 혀를 날름거렸다. 에벤에셀과 머들은 희망이 솟아오른 얼굴로 서로를 보았다.

"음, 어, 아마 파티의 다른 과자를 만드시느라고 바쁘시겠죠? 아니면 잊어버리셨을 수도 있고요. 괜찮아요. 그렇게 중요하지 않아요."

제프리의 목소리가 약간 우울해졌다.

"걱정하지 마세요. 그럼 파티에서 봬요."

머들과 에벤에셀은 제프리가 가게에서 멀어지는 발걸음 소리에 있는 힘껏 가게 앞 덧문을 두드렸다. 그 소리에 제프리가 돌아서서 가게로 돌아왔다.

"음, 어, 계세요?"

제프리가 물었다. 머들은 덜덜 떨리는 손으로 실험 가운 주머니에서 덧문 자물쇠의 열쇠를 꺼냈고, 덧문과 바닥 사이에 난 좁은 틈으로 열쇠를 밀어냈다. 동시에 에벤에셀은 깃털 펜과 종이를 재킷에서 꺼내 이렇게 적었다. '도와줘!'

"음, 어, 앗, 어, 어."

제프리가 열쇠와 쪽지를 보았다.

"가서 에드워드를 데려올게요. 저보다 훨씬 나을 거예요. 저는 어디서부터 도와드려야 할지도 모르겠어요."

에벤에셀과 머들은 다시 주먹으로 덧문을 세차게 두들겼다. 머들의 실험 가운 끝자락에 불이 붙었다.

"그게, 어, 그럼 제가 해 볼게요."

제프리는 말했다. 에벤에셀과 머들에게는 몇 번의 인생처럼 길게 느껴지는 몇 초가 흐른 뒤, 제프리가 열쇠를 돌리고, 덧문이 올라갔다. 에벤에셀과 머들은 대문을 차서 열고 거리로 굴러 나와, 격렬하게 기침을 했다. 머들은 불이 붙은 실험 가운을 벗어 던지고, 에벤에셀은 난리 통에 조끼에서 단추가 떨어지지는 않았는지 확인했다.

"음, 어, 정말 죄송해요. 에드워드였다면 훨씬 더 좋은 방법으로 구해 드렸을 텐데."

제프리의 사과에, 에벤에셀은 연기가 섞이지 않은 공기를 게걸스럽게 들이쉬면서 말했다.

"넌 충분히…… 콜록콜록콜록…… 잘했어."

제프리는 물었다.

"그런데 도대체 무슨 일이에요? 아, 이런, 혹시 제 케이크 때문에 불이 난 건 아니죠?"

"오거스터스 짓이야…… 캑캑…… 차에서 말해 줄게."

이렇게 말한 에벤에셀은 운전석에 올랐고, 제프리는 걱정스럽게 뒷좌석에 탔다.

머들이 움직이지 않았다. 눈물에 젖은 눈으로, 사랑하는 과자 가게가 완전히 망가지는 모습을 지켜보았다.

첫 번째 까마귀가 망가진 과자 가게 창문을 뚫고 나와, 머들은 소스라치게 놀랐다. 등에 조금 남은 깃털에 불이 붙어 있었다. 이내 깃털 없는 금속 몸의 여섯 까마귀가 열기와 빛을 뿜으며 날아 나왔다. 너무도 빨갛게 빛나는 눈으로, 또 한 번 불을 뿜을 준비를 했다.

"어서 타요, 머들!"

에벤에셀이 소리치고 조수석 문을 발로 차 열었다.

"어서 파티에 가요!"

27. 에벤에셀과 에벤에셀

베서니는 15층 집 앞에서 고개를 숙인 채, 경찰이 오기를 기다렸다. 분노와 배신감에 젖은 이웃들이 베서니 주변에 몰려 있었다. 조금이라도 기분이 좋아 보이는 사람은 에드워드 뿐이었다.

"마을 경비대를 처음 만들었을 때, 언젠가 범죄자를 내 손으로 잡는 꿈을 꿨어요. 그날이 이렇게 빨리 올 줄은 몰랐어요!"

에드워드는 목소리가 커지면 콧소리도 그만큼 강해졌다.

"앗, 저기 와요! 경찰관님이 오셨어요!"

떨떠름한 표정을 한 중년의 경찰이 땅딸막한 경찰차를 몰고 왔다. 에드워드에게 자초지종을 들을 의욕이 눈곱만큼도 없는 표정이었다.

"또 이상한 소동으로 사람 헛걸음하게 한 거면 안 된다, 에드워드. 그랬다가는 내가 '너'를 잡아갈 거야."

"이상한 소동 같은 거 아니에요!"

베서니는 에드워드가 이렇게나 쩔쩔매는 모습을 처음 보았다.

"범죄자를 잡은걸요. 저기 있어요!"

에드워드는 베서니를 경찰관 앞으로 떠밀었다.

"별로 범죄자 같아 보이지 않는데."

의심스러운 표정으로 경찰관이 말했다.

"범죄자가 맞습니다. 제가 보증하지요."

여전히 에벤에셀의 얼굴을 한 오거스터스였다.

"저 말고도 온 동네 사람들이 다 목격잡니다. 그렇지요? 여러분들에게서 훔친 물건을 잔뜩 쌓아 둔 베서니의 모습을 모두 보셨잖습니까."

오거스터스는 놀랐다. 이웃들의 반응이 미지근했기 때문이다. 막상 실제로 경찰차를 마주하니, 이웃들은 어린아이를 체포시키는 일이 그다지 내키지 않았던 것이다. 에드워드조차도 신나던 마음이 사그라들었다.

"꼭 이렇게까지 해야 할까요?"

새 가게 주인이 말했다.

"베서니가 동네에서 좋은 일을 아주 많이 하긴 했어요."

요양사 민디가 말했다.

"저의 열렬한 팬이 감옥에 갇힌다고 생각하니 마음이 좋지 않아요."

글로리아가 걱정 어린 춤을 추면서 이어 말했다.

"아마도 그저 저를 닮고 싶은 마음으로 제 소품을 훔쳤을 거예요."

베서니가 천천히 고개를 들었다.

오거스터스가 성이 나서 말했다.

"다들 왜 이러십니까. 이제 와서 찜찜해하실 거 없습니다. 그 누구보다도 베서니를 잘 아는 제가 말하잖아요, 사악한 아이라고."

"이번에는 경고만 하는 게 어떨까요, 에벤에셀?"

에드워드가 제안했다.

"안 돼! 베서니는 감옥에 보내야 해. 지체할 수 없으니까, 당장."

베서니는 저항하지 않았다. 오거스터스가 베서니의 기운을 다 꺼뜨려 버렸다. 친구들이 다 죽었으니 싸우고 싶은 의지도 없었다.

오거스터스는 경찰차 뒷좌석으로 베서니를 밀어 넣었다.

"할 일을 안 하시니 제가 하네요, 한심한 경찰 양반. 자, 이제 이 애를 감옥에 넣지 않을 이유가……."

귀가 울리도록 요란한 자동차 경적에, 오거스터스의 말끝이 잘렸다. 모두가 소리 나는 쪽으로 고개를 돌리자, 진짜 에벤에셀이 타이어를 끽끽거리며 차를 몰고 오고 있고, 차에 탄 제프리와 머들은 정신없이 비명을 지르고 있었다.

꼭 차가 도로에 알레르기가 있어 피하는 것 같았다. 왼쪽에서 오른쪽, 다시 왼쪽으로 휙휙 방향을 바꾸어 오느라 길가의 우편함이 여럿 망가졌다. 꼭 심한 악몽을 꾸는 사람이 잠을 뒤척이듯, 차는 연거푸 움찔거리고 거의 엎치락뒤치락했다.

이토록 창의적으로 운전을 하게 된 연유가 무엇일까, 다들 궁금해했다. 하지만 이내 벌겋게 달아오른 부리에서 불을 내뿜으며 날아오는 빨간 눈의 까마귀들이 사람들 눈에 들어왔다.

"말도 안 돼!"

오거스터스가 기겁했다.

베서니는 친구들의 얼굴을 보자마자 환한 웃음을 지었다. 다시 힘이 솟기 시작했다.

경찰관이 에드워드를 노려보며 말했다.

"이번에는 이상한 일 아닐 거라고 했잖냐. 내 눈엔 엄청나게 이상해 보이기 시작하는데."

새 가게 주인은 말했다.

"에벤에셀이 한 명 더 있다니, 이게 무슨 일이지? 에벤에셀, 혹시 쌍둥이 형제나 뭐 그런 거 있어요?"

베서니가 말했다.

"저 사람은 쌍둥이가 아니고, 진짜 에벤에셀이에요!"

베서니는 구불구불 박사 수갑을 풀기 위해 손마디가 하얘질 정도로 힘을 주었고, 싸울 준비가 된 사나운 눈빛이 돌았다. 표정이 단단해졌다.

"아까부터 말했잖아요, 이 사람은 변장한 오거스터스라고요!"

오거스터스는 초조하게 웃으며 반발했다.

"가, 가당찮은 소리!"

이웃들이 실제 에벤에셀과 베서니에게 얼마나 마음을 쓰는지를 너무 과소평가한 것은 오거스터스의 실수였다.

새 가게 주인이 말했다.

"아, 그러게 아까부터 에벤에셀 행동이 좀 이상해 보인다고 했잖아요."

에드워드는 의기양양하게 오거스터스를 가리키며 말했다.

"거봐요, 내가 저 범죄자가 살아 있을 거라고 했잖아요! 마을 경비대는 호락호락하지 않아!"

도마뱀 여인 바버라가 베서니의 손목에서 구불구불 박사 수갑을 풀어냈을 때, 에벤에셀이 모는 차가 끼익 커브를 그리며 15층 집 정원 앞에 멈추어 섰다. 에벤에셀과 제프리, 머들이 차에서 허겁지겁 내렸다.

"이놈은 방화범이에요!"

에벤에셀이 떨리는 손으로 오거스터스를 가리키며 말했다.

"나쁜 말을 쓸 필요는 없잖아요, 에벤에셀."

다정한 노부인이 타이르자, 에벤에셀은 설명했다.

"아니요, 진짜로 불을 질러서 우리를 죽이려고 했다는 뜻
이에요."

머들이 울분을 담아 덧붙였다.

"내 가게도 망가뜨렸어요."

제프리는 말했다.

"그리고 내 마법 케이크도요! 엇, 아, 죄송해요, 머들. 케이
크는 지금 그렇게 중요한 부분이 아닌데."

오거스터스는 모든 이웃이 자기를 쳐다보고 있다는 것, 그
들의 눈빛 속에 몹시 나쁜 생각들이 맺혀 있다는 것을 알아챘
다. 조금 전까지만 해도 오거스터스 편에서 베서니를 비난해
주던 사람들이 이제는 오거스터스를 비난할 준비가 되어 있
었다.

불을 내뿜는 까마귀들이 당장이라도 불덩이를 발사하려고
부리를 벌린 채 15층 집 정원에 다다랐다.

"까마귀를 막아요! 어떻게든 때려잡아요!"

머들이 소리쳤다. 들이마신 연기 때문에 목소리가 거칠거
칠했다.

오거스터스는 쏜살같이 달아나야 하는 순간을 놓치지 않

았다. 상냥한 노부인을 밀어 쓰러뜨리고 왕년의 무용수 모린을 뛰어넘어, 15층 집의 뒤편으로 달렸다.

에벤에셀이 뒤쫓았다. 나머지 사람들은 닥치는 대로 무언가를 손에 쥐고서 빨간 눈의 까마귀를 공격했다.

모린은 공중으로 뛰어오른 뒤 다리를 쭉 뻗어 까마귀 둘을 떨어뜨렸다. 자기 새들을 불러 모은 새 가게 주인은 멋지게 흉포한 독수리에게 평소 얌전히 숨겨 두는 맹금의 사냥 기술을 써도 좋다고 허락했다. 고약한 냄새가 나는 호아친을 냄새 정화 상자에서 꺼내기까지 해, 까마귀들은 악취와도 싸워야 했다. 상냥한 노부인은 가방에 넣어 다니는 여분의 틀니를 꺼내 하늘에 던졌다.

베서니는 새총을 에이미 클루와 미스 릴리파이에게 맡긴 뒤 에벤에셀의 뒤를 따라 달렸다. 고개를 절레절레 흔들며 에드워드를 향해 불만스러운 표정을 지은 경찰도 그들을 따라갔다.

집 뒤편 정원에 이르니, 에벤에셀과 오거스터스가 열기구 집 근처의 잔디밭을 구르며 싸우고 있었다. 다만, 싸우고 있었다는 게 그리 정확한 표현은 아니었다. 긴 팔을 서로에게 휘두르는 것이 그 싸움의 대부분이었으니 말이다.

경찰관은 말했다.

"기가 찰 노릇이네. 누가 누군지 어떻게 알아? 둘 다 잡아 가두는 수밖에 없겠어."

"아니요, 나한테 맡기세요. 내가 구분할 수 있을 거예요."

베서니는 자신 있게 말했지만, 막상 둘을 구분하기 위해 애써 보니 너무나 어려운 일이었다. 도저히 누가 누군지 알 수가 없었다. 둘 다 같은 옷을 입었고, 오거스터스가 에벤에셀 흉내를 내는 데 도가 트여 둘의 목소리도 똑같게 들렸다.

결국 베서니는 말했다.

"뭐, 둘을 다 체포하는 게 좋을 수도 있겠네요."

정원을 구르던 에벤에셀과 오거스터스는 모린의 묘기용 칼에 손이 닿을 만큼 가까워졌다. 둘 다 그 칼을 하나씩 집어 들었고, 검술로 결투하는 사람들처럼 서로를 마주 보고 일어섰다.

"이자를 체포해, 베서니!"

두 에벤에셀 중 하나가 말했다.

"아니, 이자를 잡아. 내가 진짜 에벤에셀이야."

다른 하나가 말했다.

베서니는 여전히 어떻게 해야 할지 몰라 두 사람을 번갈아 보았다. 그러다가 좋은 생각이 떠올랐다.

"얼굴을 닦아요!"

변장 크림을 전혀 모르는 경찰관은 베서니를 미친 아이 보듯이 바라보았다.

"닦으려고 얼굴로 손을 올리면 이자가 날 공격할 거야."

한 에벤에셀이 말했다.

"잠시라도 얼굴로 손을 올리면 이자가 나를 칼로 찌를 거야!"

다른 에벤에셀이 말했다.

"아우, 출동 한번 나왔다가 별일을 다 떠맡네."

경찰관이 탄식했다.

베서니는 두 사람을 구분할 수 있는 방법이 떠올랐다. 하지만 그 방법이 통할 거라는 자신은 없었다.

"만약 내가 살려 주면 뭘 할 거예요? 이쪽부터 말해요."

베서니가 첫 번째 에벤에셀을 가리키며 말했다.

잠시 침묵이 흘렀다.

"만약 베서니 너랑 내가 무사히 여길 나간다면…… 우리의 집에 와서 우리 인생을 망친 괴물한테서 벗어난다면…… 너랑 같이 이 세상에서 할 수 있는 모든 모험을 할 거라고 약속해."

첫 번째 에벤에셀은 다른 에벤에셀이 언제고 자기를 공격할까 봐 걱정하듯, 겨눈 칼을 내려놓지 않고 이어 말했다.

"저 열기구 집을 타고 세상 모든 과자 가게에 가 보자. 파리의 초콜릿 전문점도, 브라질의 봉봉 사탕 가게도. 머들하고도 함께 가자! 인생의 한순간도 낭비하지 말자. 인생을 최고로 알차게 살자. 우리 둘이서 세상에 맞서자."

두 번째 에벤에셀이 듣기 싫은 표정을 지었고, 첫 번째 에벤에셀이 공격에 대비해 칼을 들어 올렸다.

"이제 그쪽 차례예요. 말해 봐요."

베서니가 두 번째 에벤에셀에게 말했다. 첫 번째 에벤에셀이 진짜 에벤에셀이라고 거의 결론을 내렸으면서도, 더 분명하게 확인하고 싶었다.

"어서요."

두 번째 에벤에셀은 그저 짜증이 난 표정이었다.

"나는…… 나는…… 아, 그냥 할 말이 생각 안 나. 내가 나인 걸 너한테 증명한다는 게…… 우리 우정이나 네가 나한테 어떤 의미인지 몇 마디로 표현하기가…… 아우 너무 어려워. 가장 잘 어울리는 조끼랑 스카프를 한 시간 안에 고르는 일 같아. 끝낼 수가 없는 일!"

경찰관이 어이없다는 표정을 지으며 첫 번째 에벤에셀에게 다가서려 했는데, 베서니가 붙잡았다. 조끼 비유가 어딘지 몹시 에벤에셀다웠다.

그때 첫 번째 에벤에셀이 재빨리 말했다.

"가장 잘 어울리는 조끼랑 스카프를 고르는 일은 세 시간 안에도 못 끝내지!"

"어이, 내가 한 표현에 무임승차하지 말지!"

두 에벤에셀이 서로를 노려보았다. 두 번째 에벤에셀이 마치 잡히지 않는 표현을 잡으려 애쓰듯, 칼을 들지 않은 손을 폈다가 쥐었다.

"사실, 베서니…… 나를 살려 주면 뭘 하겠냐는 물음에는 진짜 대답할 말이 없어."

두 번째 에벤에셀이 이야기를 이었다.

"네가 원한다면 세계 여행을 할 수도 있고, 저자가 한 말처럼 알차게 살 수도 있겠지. 그런데 내 마음 같아서는, 지금 그대로가 좋아. 너를 만나기 전에 괴물한테 먹이나 갖다주며 살 때는 내가 끔찍한 인간이어도 근사한 인생을 산다고 생각했어. 그런데 근사하게 산 게 아니었어. 텅 비어 있었어. 인생을 조금도 낭비하지 않겠다는 이야기도 말이 되지만…… 나는 우리가 '낭비한 시간'이 별로 낭비 같지 않아. 너를 만나기 전과 같은 삶을 500년 더 살 수 있다고 해도, 지난 1년의 한순간과도 바꾸지 않을 거야."

너무 감상적인 이야기들을 쏟아 냈다는 생각에, 에벤에셀은 민망한 표정으로 목을 큼큼거렸다.

"표현을 잘하거나, 내가 왜 진짜 네 친구인지를 보여 주지는 못한 것 같지만, 이게 내 솔직한 마음이야."

경찰관은 베서니를 보았고, 베서니는 마치 악마의 영혼이 깃든 원숭이처럼 짓궂게 싱글거리고 있었다.

"네, 이쪽이 멍텅구리 아저씨예요."

베서니 얼굴의 웃음은 점점 더 커졌다.

"그리고 저쪽은 오거스터스예요."

베서니는 고개를 숙이고 두 번째 에벤에셀에게로 달려갔다. 두 번째 에벤에셀은 베서니의 머리를 쓰다듬으려고 칼을 떨어뜨렸다.

하지만 베서니가 달려오기 시작한 순간, 첫 번째 에벤에셀이 얼굴의 크림을 닦아 내 오거스터스의 얼굴을 드러냈다. 그러고는 들고 있던 칼을 날려 진짜 에벤에셀의 가슴에 꽂았다.

28. 흠뻑 젖은 셔츠

에벤에셀이 바닥으로 쓰러졌다. 칼은 심장 바로 위쪽에 박혀 있었다. 예쁜 주름 장식 셔츠에 입맛 떨어지는 끈적끈적한 잼처럼 피가 번졌다.

베서니가 에벤에셀에게 달려갔다. 칼을 뽑아야 할지 그냥 두어야 할지 알 수가 없었다. 베서니는 직업을 바꾸는 걸 진지하게 고려하고 있는 경찰관을 간절하게 바라보았다.

"구해 주세요! 나한테 세상 가장 중요한 사람이에요. 어떻게 해서든 내 친구를 좀 살려 주세요! 안 살려 주면 내가 그 모자를 머리에 붙여 버리고 경찰서에 장난 전화하고 경찰봉을 초콜릿 막대로 바꿔서 바지에 다 묻게 하고, 또, 또,……."

"경찰관님이 무슨 죄야."

에벤에셀이 중얼거렸다. 얼굴이 이미 웬만한 흡혈귀보다, 한 번에 몇 백 년씩 잠을 자는 흡혈귀보다 창백했다.

"진짜 죄지은 놈 달아나겠네⋯⋯."

에벤에셀의 말처럼 오거스터스는 달아나려고 갖은 애를 쓰고 있었다. 15층 집의 앞쪽으로 달려가려 했지만, 자기가 만든 깃털 반 금속 반의 까마귀가 앞을 막았다.

"비켜!"

오거스터스는 소리쳤다. 하지만 까마귀는 자동 비행을 하도록 설정이 되어 있었기 때문에 오거스터스의 말을 듣지 않았다. 오거스터스는 물러날 수밖에 없었다.

잠시 뒤 온 동네 사람들이 15층 집 뒤편 정원으로 왔다. 까마귀 로봇 여섯 대를 다 잡고는 마지막 까마귀를 찾는 중이었다. 마지막 까마귀를 잡는 데 혈안이 되어 있어 에벤에셀이 쓰러져 있는 것도 보지 못했다.

오거스터스는 담을 기어 넘으려고 했지만, 경찰관이 숨을 헐떡이며 그쪽으로 달려왔다.

그래서 오거스터스는 15층 집 뒷문으로 들어가 버렸다. 에벤에셀이 베서니에게 중얼거렸다.

"잡아."

베서니는 에벤에셀의 머리를 부드럽게 쓰다듬으며 말했다.

"죽지 마요, 멍텅구리 아저씨, 네? 멍텅구리 아저씨 없이 사는 건 생각도 못 하겠다고요."

베서니는 오거스터스를 뒤쫓아 달려갔다. 뒷문에서 현관 문으로 직진해서 다시 밖으로 나갈 줄 알았는데, 오거스터스는 빙글빙글 높이 뻗은 계단을 오르기 시작했다.

도대체 뭘 하려는 거지?

순간 베서니의 머릿속에 에벤에셀을 살릴 수 있는 방법이 떠올랐다.

"괴물!"

괴물이라는 말을 이토록 기쁨에 차서 뱉는 것은 베서니 인생에서 처음이었다.

베서니는 다시 밖으로 뛰어나갔다.

나가 보니 이웃들이 인간 탑을 쌓아, 누구 손에도 닿지 않게 높이 날아오른 까마귀를 잡으려 애쓰고 있었다. 한 사람의 어깨 위에 다른 사람이 올라서고, 그 사람의 어깨 위에 또 다른 사람이 올라서는 방법으로 쌓은 그 탑의 꼭대기에는 에이미 클루와 곰 인형 미스 릴리파이가 있었다.

에이미가 한쪽 눈을 감고, 베서니에게서 받은 새총에 미스 릴리파이를 끼워 까마귀를 겨냥하고 있었다. 명중했다. 날아온 미스 릴리파이에 세게 맞은 까마귀는 오작동하며 휘청휘

청했다.

"죽어…… 지금."

부리로 이런 말을 내뱉으며, 까마귀는 땅으로 곤두박질쳤다.

"나…… 죽어, 지금."

까마귀는 땅에 떨어져 두 동강이 났다. 깃털이 덮인 쪽 몸통과 덮이지 않은 쪽 몸통이 반대 방향으로 튀었다.

베서니는 환호하는 이웃들 사이로 에벤에셀에게 뛰어가, 에벤에셀을 일으켜 세웠다. 그러고는 가슴에 칼이 꽂힌 상태 그대로 에벤에셀을 끌고 집 안으로 들어가, 계단을 오르게 했다.

"못 버틸 것 같아. 난 여기서 끝인 것 같아."

5층에서 에벤에셀이 숨넘어가는 목소리로 말했다.

"내가 떠나고 나면……."

베서니가 에벤에셀의 말을 끊었다.

"쓸데없는 소리 넣어 둬요, 멍텅구리 아저씨. 살아날 수 있어요. 생일마다 그랬듯이."

베서니는 자신 있게 말했지만, 사실은 자신이 없었다.

달아난 오거스터스는 계단 끝에 다다라, 낡은 다락방 문을 벌컥 열고 들어섰다. 방음 모자와 안대를 쓴 괴물은 아래층에서 펼쳐지는 혼란과 소동을 눈곱만큼도 모르고 있었다.

오거스터스가 괴물의 어깨를 가볍게 두드렸다. 반응이 없

256

었다. 오거스터스는 괴물을 발로 찼다.

"누가 감히 괴물을 발로 차?"

괴물이 으르렁거렸다. 그러고는 얼굴을 덮은 모자와 안대를 두 혀로 찢어 버렸다.

"오거스터스? 자네는 나를 존경하는 줄 알았는데!"

"존경을 담은 발차기였습니다."

오거스터스는 숨을 몰아쉬며 말했다.

"좀 도와주세요. 아무래도 우리, 계획한 것보다 좀 일찍 여길 떠나는 게 어떨까요? 열기구를 타고 마을을 벗어나자고요."

괴물은 물었다.

"갑자기 왜 이리 서둘러?"

"그냥요."

"어허, 거짓말은 관둬. 거짓말할 거면 열기구 집 여행은 꿈도 꾸지 말라고. 우리가 지금 떠나야 하는 이유가 뭐지?"

오거스터스는 초조하게 다락방을 둘러보았다. 베서니가 금세 쫓아오리라는 것을 알았다. 어쩌면 베서니의 뒤를 따라 마을 사람들이 쫓아올지도 몰랐다.

"제가 처벌을 받을 만한 짓을 해 버려서요. 됐습니까?"

오거스터스의 말에, 괴물은 장난스럽게 말했다.

"말을 너무 아끼는 거 아냐? 정보를 더 주시죠."

오거스터스는 다시 다락방 문을 쳐다보았다. 아래층에서 계단이 삐걱거리는 소리가 들렸다. 멀어야 두 층 아래일 것 같았다. 이곳에서 빠져나갈 가능성을 한 가닥이라도 붙들려면, 눈 딱 감고 괴물에게 다 말해야겠다고 판단했다.

"제가 어쩌면 그…… 에벤에셀을…… 죽인 것 같습니다. 어쩔 수가 없었어요! 저를 체포한다고 하잖습니까. 오거스터스는 절대 감옥에 갈 수 없다고요!"

괴물은 세 눈을 조금도 깜박이지 않고 오거스터스를 빤히 보았다. 오거스터스는 괴물이 무슨 생각을 하는지 알 수 없었다. 괴물을 설득하기 위해서는 다른 말도 해야 할 것 같았다.

"에벤에셀은 괴물님을 전혀 존경하지 않았어요. 무시했어요. 반면에 저는…… 저는 괴물님의 가치를 알죠. 저는 절대로 괴물님을 당연하게 여기지 않을 겁니다. 저의 똑똑함과 괴물님의 구토 능력이 만나면, 우리는 천하무적이 될 거예요. 우리는 얼마나 멋진 인생을 살까요!"

오거스터스는 한껏 듣기 좋은 목소리를 냈다.

"제가 이 동네에서 한 모든 일의 목표가 그것이었어요. 괴물님과 손을 잡는 것. 베서니도 에벤에셀도, 그 둘이 더 착하게 살아 보겠다고 온갖 노력을 하는 것도 저는 관심 없었습니다. 저는 오로지 괴물님을 원했어요."

괴물은 계속 말이 없었다. 계단을 오르는 삐걱삐걱 소리가 점점 가까워졌다.

"네가 에벤에셀을 죽였다고?"

"뭐, 그렇다고 봐야죠. 아직 안 죽었다면, 곧 죽을 겁니다."

오거스터스는 초조해서 두 손을 꼼지락거리며 말했다.

"제발 저 좀 도와주세요. 꼼짝없이 붙들리게 생겼어요."

괴물은 계속해서 오거스터스를 쳐다보았다. 눈빛에 어떤 감정도 드러내지 않았다. 그러다가 갑자기 능청스럽고 요란하게 웃기 시작했다.

"너는 내가 생각했던 것보다 더 고약해."

괴물은 너무 웃어서 눈물을 흘리기 시작했다.

"아이고! 베서니가 가슴이 찢어지겠네."

"그건 신경 쓰지 마십시오."

베서니가 마지막 층의 계단을 오르는 소리가 오거스터스의 귀에 들렸다.

"도와주세요."

"도와주…… 뭐라고? 잘 안 들리네."

"도와주세요…… 주인님?"

괴물은 씨익 웃고 대답했다.

"좀 낫네. 그런데 이 집이 북적거리니 자네를 열기구 집까

259

지 데려가기가 좀 까다롭겠어. 아직 정원에서 사람 소리가 많이 들리는데 말이야."

"그러면 어떻게 할까요?"

오거스터스가 간절하게 물었고, 괴물은 대답했다.

"몇 시간 숨어 있어."

"숨어요? 도대체 숨을 데가 어디 있다고요!"

오거스터스는 급히 다락방을 둘러보았다. 숨을 곳이라고는 필기판 뒤나 빨간 벨벳 커튼 뒤뿐이었는데, 베서니가 확인하지 않을 리 없었다.

"아무 데도 없는데요!"

베서니의 발소리가 더 커졌다. 마치 어떤 무거운 것을 끌고 마지막 계단을 올라오는 것처럼 들렸다.

"시간이 별로 없는데."

"도와주세요!"

"숨을 곳이…… 있기는 해. 아무도 생각하지 못할 곳."

오거스터스가 희망을 안고 괴물을 보았다. 응답으로, 괴물은 자기 배를 보았다.

"내가 이 안에 안전하게 데리고 있어 주지. 소화액이 보글거리는 강과 파멸의 젖꼭지를 피할 수만 있다면 괜찮을 거야. 자, 들어와. 더 가까이…… 더 가까이…… 자, 더 가까이 와서······."

괴물은 입을 쩍 벌렸고, 두 개의 혀를 마치 특별한 손님을
위한 카펫처럼 뻗었다.

오거스터스는 괴물의 제안대로 하기가 영 내키지 않았다.
하지만 낡은 다락방 문에서 끼익 소리가 들린 순간, 서둘러
혀 위로 기어 올라갔다. 안으로 들어갈수록 삶은 양배추 냄새
는 더 지독해졌다.

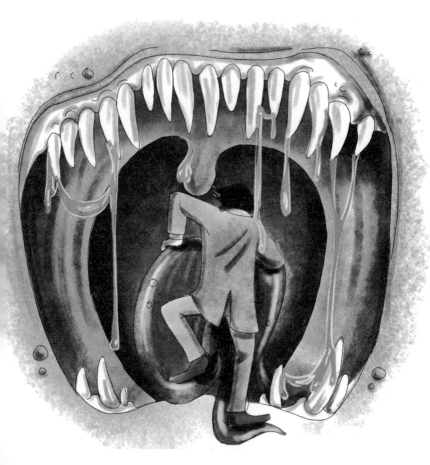

오거스터스는 괴물의 이빨 중에서 가장 칼처럼 날카로운 송곳니 사이를 덜덜 떨면서 통과했다. 그러고는 있는 힘껏 뛰어올라 편도샘이 툭 불거진 곳을 붙든 뒤에, 몸에 반동을 주어 가까이에 있는 위쪽 신장에 뛰어내렸다. 신장은 미끌미끌한 빈백처럼 푹신하고 축축했다. 오거스터스는 감옥에 갇히는 것을 피할 수만 있다면 무엇이든 하겠다는 마음으로 그곳에 쭈그려 앉았다.

괴물이 펼쳤던 혀를 말아 넣고 입을 탁 닫은 순간⋯⋯ 베서니가 거의 푸르도록 창백해진 에벤에셀을 끌고 다락방으로 들어왔다. 피가 너무 많이 흘러, 마치 선홍색 셔츠를 입은 것처럼 보였다.

"어디 갔어?"

사나운 눈으로 다락방을 둘러보며 베서니가 물었다. 괴물의 뱃속에서 오거스터스는 씨익 웃고 콧수염을 당겼다.

"누가?"

괴물이 천연덕스럽게 물었다.

"오거스터스지 누군 누구야! 여기로 올라온 거 다 알아."

"아, 그 친구. 내 뱃속에 있어. 그리고 네가 원한다면, 앞으로도 쭉 그 안에 있게 할게."

29. 마지막 만찬

　베서니는 너무 놀라 에벤에셀을 놓아 버렸고, 에벤에셀은 바닥으로 쓰러졌다. 가슴이 먼저 바닥에 닿아, 모린의 칼끝이 몸통을 통과해 등으로 솟아 나왔다.

　"오거스터스를 먹었어?"

　베서니는 묻고, 에벤에셀은 불쌍하게 끙 소리를 냈다.

　"먹는 것 같은 소리 하네. 내 수업 필기판에 적힌 거 안 보여?"

　괴물은 '사람 먹기 금지'라고 적힌 곳을 손가락으로 가리켰다.

　"그래도 먹으라면 먹을 수 있기는 해. 우리 불쌍한 에벤에셀한테 그놈이 한 짓이 있으니까 말이야. 말이 나와서 말인데⋯⋯."

괴물은 두 혀 중 하나로 에벤에셀의 몸을 뒤집고 가슴에서 칼을 빼냈다. 다른 혀로는 찔린 곳을 핥았다.

몇 초 만에 상처는 아물고 에벤에셀은 생명력을 큰 숨처럼 헉 들이쉬며 일어나 앉았다. 기침하고 캑캑거리고, 세상 가장 아름다운 새 옷을 만지듯이 자신의 아문 가슴을 쓰다듬었다.

"생일에 먹은 약이 아직 네 몸속을 돌고 있어. 보라 차 몇 주전자 마시고 뭘 좀 먹으면 전과 다름없이 쌩쌩해질 거야."

괴물은 덧붙여 말했다.

"그 이상한 과자 가게에서 사 온 걸 먹지 그래?"

에벤에셀은 다시 제 가슴을 쓰다듬었다. 더는 유령처럼 창백하지 않았지만, 아직도 혈색이 좋지 않았다. 괴물이 하는 온갖 기이한 일들을 보면서 살았는데도, 자신이 하루 더 살아갈 수 있다는 사실이 놀랍고 기뻤다.

"그⋯⋯ 그건 어렵게 됐어. 이제 누구도 나한테 머들의 과자 가게에서 과자를 사다 줄 수 없어. 오거스터스가 완전히 불태워 재로 만들어 버렸거든."

에벤에셀은 조금 슬퍼 보였다. 어쩌면 조끼에 생긴 구멍 때문에 슬픈 것일 수도 있었지만.

"오거스터스, 오거스터스, 너 정말로 못된 짓을 많이 했구나, 응?"

이렇게 말한 괴물은 다시 베서니를 보며 말했다.

"우리 이제 오거스터스를 어떻게 할까? 에벤에셀을 죽일 뻔했고, 과자 가게를 죽였어. 너한테는 도대체 무슨 짓을 하려 했을지 짐작도 안 가."

"자기가 저지른 죄를 나한테 다 뒤집어씌우려고 했어."

베서니의 대답에, 괴물은 말했다.

"자, 좋아. 답은 간단해. 내가 꿀꺽 삼키기만 하면 오거스터스는 영영 이 세상에서 사라질 거야. 내 마지막 포식이지. 그다지 먹기 불편할 것 같지가 않아. 그놈한테 있는 비열함과 잔인함 덕분에 내 입에는 더 맛있을 거야."

베서니는 결정하지 못해 입술을 깨물었다. 어쩌면 괴물의 말이 옳은 것 같았다. 결국 오거스터스를 살게 내버려두면 무슨 짓을 또 저지를지 알 수 없었다.

에벤에셀이 처음부터 오거스터스를 얼마나 싫어했는지도 잘 알았다. 그래서 괴물의 제안에 따라야겠다고 생각했다. 그런데 자신을 쳐다보는 베서니에게 에벤에셀이 고개를 저었다.

"끔찍하디끔찍한 인간인 건 사실이지. 그렇다고 우리가 이 인간한테 끔찍한 일을 해야 하는 건 아니야. 내가 너한테 여러 번 말하려고 했는데, 베서니 너는 네 아빠랑 전혀 달라."

265

베서니는 고개를 끄덕였다. 그러고는 그렇게 끔찍한 일을 하겠다고 잠시라도 마음먹었던 자신을 노려보았다. 베서니는 괴물을 보며 고개를 저었다.

"맞는 답을 찾았구나, 이 콧물 덩어리 녀석아."

괴물이 만족스럽다는 듯 말했다.

"너희 둘이 나한테 착한 일 시험을 너무 많이 보고, 수업도 너무 많이 하니까, 나도 너한테 시험 문제를 내 봤어."

괴물은 눈을 감고 입을 다물었다. 울룩불룩한 몸을 이쪽저쪽으로 흔들자 뱃속에서 오거스터스의 비명이 들려왔지만, 괴물이 부르기 시작한 바다처럼 깊은 콧노래 소리에 묻혀 버렸다.

"이런."

에벤에셀이 탄식했다. 마찬가지로 걱정 가득해진 베서니는 물었다.

"뭘 토해 낼 건데?"

괴물이 입을 커다랗게 벌리고 토해 낸 것은…… 철창에 갇힌 오거스터스였다.

"자아, 한번 봐. 내가 세상이 더 좋아지게 만드는 것을 토해 냈는지 아닌지."

오거스터스의 온몸이 끈적한 침으로 뒤범벅되어 있고, 콧

266

수염 한쪽 끝에 괴물의 위산이 묻어 불타고 있었다. 오거스터
스가 급히 두들겨 불을 껐고, 재가 떨어지고 난 얼굴에선 콧
수염이 몽땅 사라져 있었다.

"어떻게 이럴 수가 있어요!"

오거스터스는 흐느끼듯 괴물에게 따졌다. 그러고는 베서
니에게 애절한 눈빛을 쏘았다.

"딸아, 부탁할게! 한 번만 더 기회를 줘. 너는 착한 사람, 좋
은 사람이잖아. 내가 평생 감옥에서 썩도록 내버려두지 않을
거지?"

"내버려둘 건데요."

"그래도, 그래도…… 너랑 나는 가족이잖아. 우린 서로 세상에 남은 유일한 가족이야."

"아니에요. 잘못 생각하시네. 나는 이미 가족이 있어요. 굳이 더 필요 없어요."

베서니는 에벤에셀을 보며 빙그레 웃으려 했다. 그런데 베서니가 입꼬리를 올리기도 전에, 옆에서 감동으로 휘청이고 있는 괴물이 보였다.

"콧물 덩어리 너, 이거 참…… 무슨 말을 해야 할지 모르겠어. 여태 나한테 그렇게 잔인한 말들을 해 대더니, 마음속 깊숙이는 사실 나를 소중하게 생각하고 있었구나. 나를 엄마 아빠 주인님처럼 생각했어. 나 정말 제대로 감동했어."

그 감동이 얼마나 큰지 증명하기라도 하듯, 괴물의 세 눈에 눈물이 차올랐다.

괴물이 오거스터스에게 쏘아붙였다.

"알겠지? 네 아첨투성이 존경을 받는 것도 나쁘지 않지만, 내가 내 '가족'한테 느끼는 애정과는 비교도 안 돼."

베서니는 양배추 냄새를 풍기며 침을 흘리는 괴물을 가족으로 받아들인다는 생각에 절로 얼굴이 찌푸려지는 것을 참았다. 이렇게 된 거, 괴물을 아주아주 짜증 나는 이모쯤으로 생각하는 건 할 수 있을 것 같았다.

에벤에셀이 조심스럽게 오거스터스의 철창을 들어 올렸다. 말도 안 되게 가벼워서 놀랐다. 괴물이 오거스터스를 가둘 수 있으면서도, 들어 올리려는 사람에게는 깃털처럼 가볍게, 말 그대로 경찰의 손에 넘겨줄 수 있게 만들어 낸 철창이었다.

"완벽한 생일 선물이야."

에벤에셀이 오거스터스가 갇힌 철창을 새로 산 가방처럼 흔들며 말했다.

"베서니가 준비한 파티가 더 좋은 생일 선물이라는 걸 알게 될 거야. 물론 내 열기구 집도."

괴물은 베서니에게로 눈을 돌렸다.

"말이 나와서 말인데, 나도 네가 준비한 파티에 가려고. '가족' 행사에 빠지고 싶지는 않으니까. 자, 그럼 우리 정원에서 만날까?"

베서니는 풀이 죽어 말했다.

"파티는 다 끝나 버렸을 것 같은데. 다들 살인 까마귀들한테 공격을 당하고 나서부터 파티할 기분이 사라져 버렸을 거야."

괴물은 다락방 뒤편에 난 구멍으로 아래를 내려다보고, 베

269

서니와 에벤에셀은 계단이라는 좀 더 평범한 방법을 써서 아래층으로 향했다.

"내가 보육원에서 한 착한 일들을 생각해 봐, 응?"

아래층으로 내려가는 베서니와 에벤에셀에게, 오거스터스는 철창을 흔들며 말했다.

"날 풀어 주기만 하면, 보육원을 내가 싹 다 수리할게. 그러고 나서 다시는 네 앞에 나타나지 않을게."

에벤에셀이 대답했다.

"당신 도움 따위 필요 없어. 그 보육원 건물은 처음 지어진 900년 전부터 엉망진창이었던 걸 내가 다 봤어. 애들이 살 곳이 못 돼."

오거스터스가 비아냥댔다.

"그러면 그 많은 애들을 다 어디에 데려다 놓을 건데?"

에벤에셀은 그저 사실을 전달하듯 대답했다.

"여기 살게 할 거야."

그 말을 입 밖으로 꺼내고 보니, 세상에서 가장 멋진 생각 같았다. 너무 멋져서 이제야 그 생각을 해냈다는 것이 이상할 정도였다.

"그래도 괜찮겠어, 베서니?"

"괜찮은 정도가 아니라, 완전 좋아요! 지루한 일들은 보육원 원장에게 맡기고 우리는 애들이 실제로 잘 지내는지만 살펴요."

베서니는 제프리와 함께 사는 것이 얼마나 좋을지에 대해 절대로 생각하고 있지 않았다.

"우리가 한 착한 일 중에서 가장 큰 일이 되겠어요! 그런데 진짜 그렇게 하고 싶은 거 맞아요, 멍텅구리 아저씨? 처음 만났을 때 나한테 방 한 칸 내주는 것도 아까워했으면서, 이제는 집 전체를 내준다고 하니까 신기해서요."

"1년 사이에 많은 게 변할 수 있어. 그리고 우리는 이미 세상에서 가장 지독한 손님을 맞이해 봤으니까, 그 어떤 상황에도 대처할 준비가 되었을 거야."

베서니가 활짝 웃었다. 오거스터스는 흐느껴 울었다. 베서니와 에벤에셀은 집 앞에 온 경찰차에 오거스터스를 태웠다.

"잠깐! 딸아, 아니…… 베서니, 딱 한 번만 더 기회를 주면 안 되겠니? 딸이라고 부를 자격이 있는 아빠가 될 테니까."

우는 오거스터스에게 베서니는 말했다.

"날 뭐라고 부르건 상관없어요. 어차피 다시는 보지 않을 사이인데요, 뭐."

경찰관은 오거스터스를 실은 트렁크 문을 쾅 닫은 뒤 경찰차를 몰고 떠났다. 월급도 적은데 온갖 일을 다 해야 한다고 불평하면서 말이다. 베서니와 에벤에셀은 굳이 손을 흔들며 경찰차를 배웅하지도 않고 집으로 들어왔다.

정원으로 간 두 사람은 파티에 아무도 남아 있지 않을 거라고 생각했다. 하지만 놀랍게도 파티가 한창 펼쳐지고 있었다.

오거스터스가 만든 사악한 까마귀들을 함께 물리치면서 마을 사람들은 사이가 더욱 끈끈해지고, '우리가 함께라면 무엇이든 할 수 있다!'는 마음이 생겼다. 그래서 파티의 분위기도 덩달아 흥겨워졌다.

새 주인은 도마뱀 여인 바버라와 함께 아일랜드 민속춤을 추었다. 글로리아는 에드워드에게 탭댄스 추는 법을 가르쳐 주고 있었고, 에드워드는 글로리아에게 용의자에게서 자백 받아 내는 법을 가르쳐 주고 있었다. 왕년의 무용수 모린은 일자로 다리 벌리기 스트레칭을 하면서도 남은 칼로 저글링 묘기를 부리고 있었고, 보육원과 요양원에서 온 모든 노인과 아이들은 감탄을 연발하며 열렬한 박수를 보냈다.

이곳에서 표정이 어두운 사람은 머들뿐이었는데, 정원 한쪽 벤치에 앉아 생각에 잠겨 있었다. 에벤에셀은 머들이 그런 기분을 느끼는 이유를 정확하게 알 것 같았다.

"과자 가게가 그렇게 되어서 저도 정말 가슴이 아파요, 머들."

베서니가 제프리를 찾으러 나서자, 에벤에셀이 머들 옆자리에 앉으며 말했다.

"그 가게가 머들에게 얼마나 중요했는지 알아요."

"그냥 건물이었는데요, 뭐."

머들이 파란색 머리카락 한 가닥을 돌돌 말면서 말했다.

"그 나쁜 사고로 이어지지 않아서 다행이죠. 왜 이렇게 속상한지 저도 모르겠어요."

"그냥 건물이 아니라, 훨씬 더 큰 의미였지요. 머들 인생의 한 부분이었잖아요."

에벤에셀은 15층 집을 가리키며 말했다.

"이 집이 사라진다고 생각하면…… 건물이 얼마나 소중한 의미일 수 있는지 저도 알아요."

머들이 서글픈 미소를 띤 채 15층 집을 올려다보며 말했다.

"아름다운 집이에요."

"그렇죠. 그리고 말이죠, 이제 곧 다양한 사람들의 집이 될 거랍니다. 우선은 보육원 아이들을 모두 데리고 올 거예요. 그리고 제가 생각을 해 봤는데, 머들의 과자 가게를 절대로 대신할 수는 없겠지만, 혹시 머들도 이 집으로 들어오실래요? 머들의 과자 가게가 다시 지어질 때까지 과자 만드는 곳으로 쓰셔도 좋아요. 여러 층을 쓰셔도 돼요, 얼마든지요. 베서니가 정말 좋아할 거예요."

"에벤에셀은요?"

머들이 물었다. 파란 머리카락 한 가닥을 아주 복잡한 매듭으로 꼬면서, 머들이 한 번 더 물었다.

"에벤에셀은 어떻게 생각하시는데요?"

"저요? 아, 그게…… 참."

에벤에셀은 예쁜 금발을 긁적이며 말했다.

"어…… 저도 좋을 것 같은데요. 사실 좋을 것 같은 게 아니라, 좋을 거예요. 너무너무 좋을 거예요."

"우아, 세상에! 너무너무 좋을 거라고 하시는데 제가 거절할 순 없죠."

머들은 에벤에셀을 보며 싱긋 웃었다. 에벤에셀도 머들을 보며 마주 웃었다.

에벤에셀은 이번 생일이 그리 고생스럽지만은 않았다는 생각이 들었다.

30. '고'로 시작하는 말

에벤에셀의 513번째 생일 파티는 고생스러움과 거리가 멀었다. 처음부터 흥겹기 그지없게 시작해, 잔뜩 모인 이웃들은 오늘을 위해 준비해 온 공연들을 하나하나 펼치기 시작했다.

제일 먼저 새 가게 주인이 손에 입을 대고 놀라울 정도로 비슷한 새소리를 다양하게 흉내 내었고, 각각의 새소리를 신호 삼아 새들이 묘기를 보여 주었다.

비둘기 키스는 너무나 인상적인 깃털 춤을 선보여, 이웃들 절반은 눈물을 흘리고 절반은 일어서서 손뼉을 쳤다. 뒤이어 성미 까다로운 오리들, 광장공포증이 있어 자꾸 집으로 돌아오는 비둘기들, 냄새를 풀풀 풍기는 호아친이 힘을 합해, 훌륭한 비행 공연을 보여 주었다. 이어서 멋지게 흉포한 독수리

276

를 포함한 나머지 새들이, 이곳에서 금속 까마귀들을 상대로 벌인 전투를 짹짹, 꽥꽥, 구구 실감 나게 울며 재연해 보였다.

모린은 이웃들의 박수 속에서 일자로 다리 벌리기를 하는 동시에 칼로 저글링을 했고, 그 칼 중에는 한때 에벤에셀의 가슴에 꽂혀 피범벅이 되었던 칼도 포함되어 있었다.

이웃들은 뒤로 갈수록 그리 대단하지 않은 공연들이 이어 져도 열심히 응원을 보냈다. 이를테면 도서관의 사서가 롤러 스케이트를 타고 무대를 돌아다니면서 《아기 돼지 삼 형제》 실감 나게 읽기 공연을 할 때라든지, 도마뱀 여인 바버라가 인 기곡 〈나의 길〉을 아카펠라로 불렀을 때 말이다.

그중에서도 제프리가 나가서 마술 공연을 했을 때가 가장 심각했다. 리허설할 때도 훌륭함과는 거리가 멀어 관객들은 그리 기대하지 않았지만, 실제 공연은 그 낮은 기대에도 미치 지 못했다.

"뽑으신 카드가 이 카드인가요?"

이렇게 물은 제프리는 모자에서 지렁이를 한 주먹 꺼내 내 밀었다. 하지만 그에 앞서 모두에게 카드를 한 장 뽑으라고 말하는 것을 잊은 데다, 지렁이의 절반쯤이 제프리의 머리카 락 위에서 꿈틀거리고 있었다.

"엇, 아, 음…… 혹시 톱에 몸이 반으로 잘리고 싶으신 분

안 계신가요? 없나요? 베서니 너도 싫어?"

제프리는 당황해서 묻다가, 이렇게 말했다.

"어, 알겠습니다. 그럼 빨리 마지막 마술로 넘어가서……
아, 맞다. 마지막 마술에 쓰려던 케이크는 불에 타 버렸어요.
음…… 아…….."

이때 괴물이 끼어들었다. 괴물은 혀로 제프리를 감아 무대
한쪽으로 끌어당긴 뒤, 아무도 못 보게 무언가를 토해 냈다.

괴물이 제프리에게 무슨 짓궂은 행동을 하려나 싶은 베서니
가 당장 가서 말리려는데, 제프리가 관객들을 향해 돌아서더
니 까만색과 흰색으로 된 축축한 마술 지팡이를 들어 보였다.

"자, 마지막 마술인데요, 제가 연기만 남기고 뿅 사라져 보
겠습니다…… 다들 기대하신 것처럼요."

제프리는 마술 지팡이를 흔들었지만 아무 일도 일어나지
않았다. 한 번 더 흔들었다. 이웃들이 불만 어린 소리를 내기
시작했다.

"주문을 외워야지, 이 어리석은 녀석아."

괴물이 답답해하며 말했다.

"아, 엇, 그렇죠."

제프리는 조심스럽게 목을 가다듬고, 마술 지팡이를 흔들
며 말했다.

"세상에서 착한 일을 가장 잘하는 건 괴물이다!"

순간 말 그대로 연기만 남기고 제프리가 사라져 버렸다. 제프리가 다시 나타난 곳은 15층 집의 지붕이었고, 이웃들은 제프리에게 큰 박수를 보냈다.

"내려와도 돼, 제프리!"

박수가 한참이나 이어졌을 때 베서니가 외쳤고, 제프리는 대답했다.

"아, 엇, 내려가는 법을 모르겠어."

제프리는 다시 마술 지팡이를 흔들고 괴물의 주문을 외웠

다. 다만 몇 집 건너 어느 집의 지붕에서 다시 나타났다. 새로 주문을 외울 때마다 같은 일만 반복되었다.

괴물은 말했다.

"흠, 내가 토했지만 효과가 좀 떨어지네. 양배추 냄새 풍선 이랑 벽돌 케이크로 파티를 망치려 한 게 미안해서 만회해 보려고 한 건데. 그래도 제프리는 금방 돌아올 거야."

글로리아가 베서니에게 다가와 공연을 하게 해 달라고 졸랐다. 베서니는 이 지붕 저 지붕으로 돌아다니는 제프리를 보며 너무 웃느라 마음이 약해져 있었다.

"그래, 공연해라, 해."

"아자! 좋았어! 후회하지 않을 거야, 내 열혈 팬, 베서니!"

하지만 글로리아의 말은 틀린 말이 되었다. '우주인 목동 글로리아'라는 노래를 부르며 탭댄스를 추는, 음악적이지도 않고 리듬도 없는 공연을 본 이웃들은 기분이 축 처져 버렸다.

이때 다시 괴물이 도움의 손길을 내밀어, 글로리아에게 새로운 모자와 탭댄스 신발을 토해 주었다. 그 신발을 신자 박자에 맞추어 춤을 추게 되었고 그 모자를 쓰자 음정이 정확해졌다.

괴물이 건넨 이번 도움은 베서니에게도 썩 흡족했다. 하지만 괴물이 누가 부탁하지 않아도 남들을 위해 좋은 일을 하는 것에 영 적응이 되지 않았다. 이 이상한 기분을 에벤에셀에게 이야기하고 싶었다.

베서니는 머들과 함께 정원 벤치에 앉은 에벤에셀을 발견했다. 두 사람은 우체부 파울로가 배달해 준 생일 카드를 하나하나 읽고 있었다.

첫 번째 카드는 파리에서 에벤에셀의 옷을 만드는 재봉사에게서 온 것이었다. 에벤에셀 덕분에 가업을 수 세기 동안 이어 올 수 있었다며 고마워하고, 새로 만들어 볼 과감한 조끼 디자인을 제안하는 내용이었다. 조끼 디자인을 본 에벤에셀은 좋아서 소리를 꽥 질렀다.

두 번째 것은 생일 카드가 아닌 편지로, 도리스의 니클 대장에게서 온 것이었다. 니클 대장은 화성 인어와 관련된 사고가 일어나 파티에 참석하지도 못하고 생일 카드를 보내지도 못한다며 사과했다. 그 편지가 너무 길어서 그냥 생일 축하 카드를 보냈다면 훨씬 시간을 아꼈을 것 같았다.

세 번째이자 마지막 우편물은 자줏빛 봉투에 담긴 편지였다.

"윈틀로리아에서 온 거네!"

봉투를 보고 알아챈 베서니가 신이 나서 말했다.

"앵무새들이 보냈나 봐요!"

윈틀로리아의 자줏빛 가슴 앵무새들은 편지로 소식을 전

하는 데 열심이었고, 클로뎃이 에벤에셀과 베서니에게서 도움을 받은 뒤부터 때마다 소식을 전해 왔다.

자줏빛 가슴 앵무새들은 베서니와 에벤에셀에게 인사를 건넬 기회를 절대 놓치지 않았다. 핼러윈에도, 크리스마스에도, 팬케이크의 날에도 안부를 전하고, 심지어 행복한 월요일을 보내라며 인사한 적도 있었다. 그 편지들은 언제나 다정함이 넘치고 이런저런 일화를 전하느라 길어지는 편이었지만 이번 편지는 매우 짧았다. 이번에 편지를 쓴 앵무새는 자줏빛 가슴 앵무새들 가운데 가장 어리고, 유일하게 무례한 모티머가 쓴 것이었기 때문이다.

에벤에셀과 베서니에게,

내 차례가 와서 어쩔 수 없이 쓰는 편지야. 나는 우리가 왜 편지를 쓰는지조차 모르겠거든. 앵무새가 발톱으로 펜을 쥐고 글씨를 쓰기가 얼마나 어려운 줄 알아?

어쨌건, 에벤에셀의 생일이지? 잘됐네. 벌써 500년을 살았고, 그 괴물이 수를 쓴다면 앞으로도 500년 더 살겠지.

재미와 웃음 가득한…… (아, 내가 쓰면서도 지루하다.) 하루 보내기를 바

라. 안녕.

모티머가.

추신: 다른 앵무새들이 아마 벌써 알렸겠지만 클로뎃이 알을 두 개 낳았어. 쌍둥이 알이야. 곧 새끼들이 부화할 거야. 윈틀로리아 자줏빛 가슴 앵무새의 새끼가 태어나는 것이 얼마 만인지 모르겠어. 소식 끝.

또 추신: 하아, 한숨 난다. (나 왜 한숨 난다고 적었지? 잉크 낭비잖아! 그리고 이건 왜 괄호에다 적었지? 아 그만!)

또 또 추신: 소식 끝이 아니었어. 알려 줄 게 하나 더 있거든. 새끼가 부화하면 하나는 수컷, 하나는 암컷일 거야. 클로뎃은 수컷 이름을 패트릭이라고 지을 거래. 그리고 암컷은…… 베서니라고 지을 거래. 너무 의미를 부여하지는 마.

베서니는 에벤에셀에게서 편지를 낚아챘다. 반쯤 먹은 사과가 걸린 듯 목이 메었다.

클로뎃이 베서니를 기억하거나, 베서니와 함께 보낸 시간을 기억할 리 없다는 건 알았다. 하지만 무의식 한구석에서 베서니와의 끈이 이어져 있는지도 몰랐다.

"너무 좋은 소식이다!"

에벤에셀은 말했다. 베서니가 기억을 잃지 않은 예전의 클로뎃과 다시 한번 이야기 나눌 기회를 얼마나 꿈꾸는지를 에벤에셀만큼 잘 아는 사람도 없었다.

"아니에요. 모티머가 썼듯이, 너무 의미를 부여하지 마요."

베서니는 괜히 희망을 품고 싶지 않았다. 그랬다가 실망하면 얼마나 가슴이 아픈지 알기 때문이었다.

"치! 의미 부여해도 돼!"

에벤에셀이 이어서 설명했다.

"클로뎃이 마음 한구석에서…… 아주 작은 한구석에서라도…… 너를 기억하는 거야. 그 마음 한구석에서는 자기 아이에게 이름을 물려줄 만큼 너를 중요하게 여기는 거야! 더 자세히 알아보자."

베서니가 가슴에 팔짱을 끼고 물었다.

"어떻게요?"

에벤에셀의 시선이 쭈그러들어 가는 괴물의 열기구 집을 향했다.

"저걸 타고 윈틀로리아 숲에 가자."

에벤에셀은 빙그레 웃으며 이어 말했다.

"클로뎃이 기억을 되찾지 못하더라도…… 새로운 우정을

쌓으면 되지! 누구든 변할 수 있잖아. 괴물처럼! 가서 클로뎃의 새끼들을 만나 봐야지. 이 파티가 끝나면 곧바로 가자!"

베서니는 깜짝 놀랐다.

"어떻게 곧바로 가요. 우리 집으로 이사 올 사람이 얼마나 많은데."

그때 머들이 말했다.

"그건 내가 알아서 할게, 베서니. 오늘 밤에 출발해. 새끼가 부화하는 모습을 볼 수 있을지도 모르잖아."

"정말요, 머들?"

베서니의 물음에, 머들은 대답했다.

"과자 가게 생각으로 자꾸 우울해서, 다른 일에 집중해서 잊고 싶어. 정말이야."

베서니는 천천히 다시 희망을 품어 보았다. 자줏빛 깃털이 보송한 친구의 목소리를 다시 듣는 것이야말로 베서니가 세상 무엇보다도 원하는 일이었다.

에벤에셀과 머들을 바라보면서, 베서니는 마음이 두둥실 떠오르는 것 같았다. 살면서 절대로 하기 싫던 '고'로 시작하는 말이 혀끝까지 나와 있었다. 다만 그 말을 할 때 구토가 나오지 않기를 바랄 뿐이었다.

"멍텅구리 아저씨, 그리고 머들, 제가 하고 싶은 말이 있는데요. 음, 지금까지 두 사람이 나를 위해서 얼마나 많은 걸 해 줬는지, 나도 다 안다는 표현이에요. 그러니까, 하고 싶은 말은…… 고……마워요."

이 말을 한 뒤 베서니는 두 사람의 파티 의상에 토하고 말았다. 많이는 아니고 조금.

마지막 한 방울……,

(토할 것이 아주 약간 남아서.)

31. '꺼'로 시작하는 그 말

괴물과 베서니와 에벤에셀은 열기구 집을 타고 많은 곳을 돌아다녔다. 안타깝게도 그중 몇 곳은 위험이 득실득실했다.

윈틀로리아 숲으로 처음 갔을 때는 클로뎃의 새끼를 납치하고 싶어 하는, 첨단 기술을 이용하는 밀렵꾼들과 싸움을 벌였다. 그리고 파리에 있는 에벤에셀의 재봉사를 만나러 갔을 때는 괴물의 혀를 넥타이로 삼고 싶어 하는 '악령 씐 옷'과 싸워야 했다.

또 괴물이 토해 낸 스프레이를 뿌렸더니 그림 속 '금빛 소년'이 살아 움직이게 된 적이 있는데, 사실 '금빛 소년'은 에벤에셀을 자기 그림 속에 가두고 싶어 하는 위험한 존재였다. 그리고 도리스 섬에 갔을 때도 고생이었는데, 베서니가 무언가를 잘못 이해하는 바람에 세상에서 가장 사나운 펭귄을 야생에 풀어 놓고 말았다.

열기구 집을 타고 우주로 나간 적도 있었다. 하지만 이 이야기의 자세한 내용은 도리스에서 관리하는 비밀 기록으로, 꼭 알아야 하는 경우에만 알려 준다.

어딜 가든 그곳을 처음보다 조금 더 나은 곳으로 만들어 놓고 떠나려 애썼다. 그렇게 애쓰다가 훨씬 훨씬 더 나쁜 상황을 일으키는 일도 가끔 있었지만 말이다. 그리고 어딜 가든 15층 집으로 돌아와서 제프리에게 장난을 치고, 머들 앞에서 새 조끼를 입어 보이고, 한 번도 콧노래를 흥얼거리고 몸을 씰룩거리지 않은 것처럼 콧노래를 흥얼거리고 몸을 씰룩거렸다.

하지만 이런 일들이 아직 일어나지 않은 지금 이곳, 에벤에셀의 513번째 생일 파티가 열린 저녁에는 처음으로 열기구 집을 타고 장거리 여행을 떠나려고 준비를 하고 있었다.

머들과 아이들이 곧바로 보육원으로 가서 15층 집으로 짐을 챙겨 온 뒤, 열기구 집을 배웅하려고 정원에서 기다리고 있었다.

다른 파티 손님들은 집으로 돌아간 뒤였지만 글로리아는 새 모자를 쓰고 새 신발을 신은 채 아직도 탭댄스를 추며 꽤 아름다운 우주인 목동 노래를 부르고 있었다.

베서니는 글로리아의 오랜 공연을 사실 즐기는 자신에게 놀랐다. 멈추라고 하기가 조금 싫은 마음마저 들었다.

"이제 그만해도 될 것 같은데."

베서니가 짐 가방을 열기구 집으로 나르며 글로리아에게 말했다.

"안 돼애애애애."

글로리아가 설레도록 아름다운 멜로디를 붙여 노래로 대답했다.

"무슨 뜻이야?"

에벤에셀이 묻자 글로리아는 몸에 밴 듯한 리듬감으로 스텝을 밟으며 노래했다.

"그만하고 싶지만 안 돼애애애요. 어떻게 된 건지 모르겠지만, 이 신발이 끝도 없이 춤을 추는 것 같아아아요."

글로리아의 눈에 절박함이 어렸다.

글로리아의 매력적인 공연용 웃음이 카리스마보다는 고통에 젖어 보였다.

베서니와 에벤에셀은 괴물을 노려보았다. 괴물이 느끼하게 쿡쿡 웃으며 말했다.

"실수야. 아, 진짜야."

베서니는 글로리아를 바닥으로 넘어뜨려 탭댄스 신발을 벗겼고, 신발은 글로리아가 벗은 뒤에도, 공중에 뜬 채 춤을 추었다. 에벤에셀이 다가와 부드럽게 모자를 벗겼다.

글로리아는 즉시 노래와 춤을 멈추었다. 다시 일어선 글로리아의 발에 물집이 가득했다.

"정말 고마워."

목이 쉬어 도마뱀 여인 바버라와 비슷해진 목소리로, 글로리아가 말했다.

"노래하고 춤추기를 며칠은 쉬어야 할 것 같아. 너무 아쉬워하지는 말아 줘, 나의 열혈 팬."

글로리아의 말에, 베서니는 대답했다.

"버텨 볼게."

글로리아가 고마움으로 베서니에게 고개를 끄덕인 뒤 절뚝거리며 15층 집에서 멀어졌을 때, 연기가 펑 피어나면서 창고 위에 제프리가 나타났다. 드디어 땅으로 기어 내려갈 수 있을 만큼 낮은 지붕 위에 나타났다는 것을 깨달은 제프리는 기뻐서 흐느껴 울었다.

"엇, 아, 너무 다행이다."

제프리는 마법 지팡이를 독이라도 되는 것처럼 집어 던져 버렸다.

"내가 토한 대단한 것들을 고마워하는 녀석이 아무도 없어?"

괴물이 투덜거렸다.

제프리는 베서니에게 달려가서 마치 3년의 항해 끝에 집으로 돌아온 뱃사람처럼 베서니를 끌어안았다.

"지붕이…… 지붕이 끝도 없었어."

제프리는 한탄했다.

"한번은 내가 버킹엄 궁전에 있더라고. 최고 집사 대행이 나한테 막 총을 쐈어. 앞으로 내 인생에서 지붕은 쳐다도 보기 싫어."

"다시는 지붕을 안 쳐다봐도 돼. 몸이 너무 차다. 안으로 들어가. 내가 네 방은 내 방 옆으로 찜해 놨어."

자기가 15층 집에서 살게 됐다는 이야기를 이때 처음 들은 제프리는 다시 흐느껴 울기 시작했다. 이번에는 기뻐서 나오는 울음이었지만. 그러다가 에이미 클루와 해럴드 치킨과 보육원의 다른 모든 아이들처럼 환히 웃었다.

"아, 엇, 너 어디 가?"

열기구 집이 충분히 물을 주어 완전히 커진 것을 보고 제프리가 물었다.

"또 동네 한 바퀴 날아다니려고?"

"아냐, 그것보다 좀 더 멀리 갈 거야. 우선은 윈틀로리아 숲!"

이렇게 말한 베서니가 함박웃음을 지었다. 그러고는 에벤에셀에게 물었다.

"짐 다 쌌어요, 멍텅구리 아저씨?"

에벤에셀은 셋 중 가장 짐 싸기가 느렸는데, 윈틀로리아 숲 앵무새들이 부리가 떡 벌어지게 감탄할 만한 옷을 고르느라 시간이 걸렸기 때문이다. 이미 트렁크 일곱 개, 모자 상자 네 개, 넥타이 상자 몇 개를 챙겼고, '최고 인기 양말' 선반을 통째로 털어서 챙겼다. 다행스럽게도 열기구 집은 그 모두를 여유롭게 실을 만큼 넓었다.

"하나 더."

에벤에셀은 집 안으로 달려가서 '금빛 소년' 그림을 떼어 왔다.

베서니는 한쪽 눈썹을 올렸다. 괴물은 세 눈의 흰자를 보이며 어이없어 했다.

"'금빛 소년'은 나한테 영감을 준단 말이야. 얘가 보고 있어야 매력적인 옷차림을 조합할 수 있다고."

"언젠가 내가 그 그림 속 인간을 현실로 데려와 줄 수도 있어."

괴물이 구토로 착한 일을 할 또 하나의 기회를 욕심냈다. 에벤에셀은 액자를 쓰다듬으며 말했다.

"그것도 좋겠네. 굉장히 친절한 사람일 게 분명해."

베서니는 말했다.

"자, 어서 가요. 더 늦었다가는 클로넷의 새끼들이 이미 부화해서 새끼들의 새끼를 낳겠다고요."

베서니는 제프리에게 한 번 더 작별 인사를 했다. 에벤에셀도 그 참에 머들에게 잘 다녀오겠다고 인사했다, 이미 열두 번은 다정하게 인사를 나누었으면서도 말이다. 베서니와 에벤에셀과 괴물은 열기구 집에 올라탔다.

베서니가 주전자 조종기를 '따끈한 차'에 맞추자, 열기구 집이 살며시 하늘로 떠오르기 시작했다. 베서니는 에벤에셀과 괴물이 서 있는 전망대로 다가가 머들, 제프리, 다른 아이들에게 손을 흔들었다.

서로 다시 만나리라는 것을 모두가 알았지만, 이 헤어짐에 이상하도록 마음이 찡했다. 괴물이 가장 흔들리는 것 같았다.

"내려가서 파티를 한 번 더 하고 가도 되지 않을까?"

괴물이 여리면서도 느끼한 목소리로 말했다.

"집에서 딱 하루만 더 지내고 가도 괜찮을 것 같은데."

"아니, 안 돼."

베서니는 말했다. 베서니는 한 팔을 에벤에셀에게, 다른 한 팔을 울룩불룩한 괴물에게 둘러 둘을 위로했다.

"자, 자, 둘 다 힘내요. 이제 우리가 '꺼져야' 할 때예요."

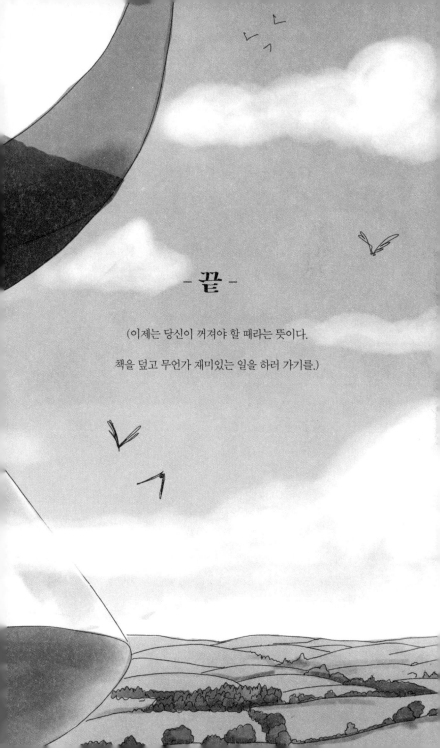

- 끝 -

(이제는 당신이 꺼져야 할 때라는 뜻이다.

책을 덮고 무언가 재미있는 일을 하러 가기를.)

단숨에 읽히는 매력적인 현대의 고전
베서니와 괴물 시리즈(1-5)

예의라곤 없는 천방지축 악동 베서니,
511세의 젊은 늙은이 에벤에셀,
그리고 탐욕스럽고 무자비한 괴물의
으스스한데 좀 웃기는 특별한 이야기!

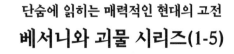

글쓴이 **잭 메기트-필립스**

잭 메기트 필립스가 지금 어디에 있는지는 알 수가 없다. 어머니는 자신의 뱃속에서 나간 뒤부터 아들을 본 적이 없다고 하고, 아버지는 그가 프랑스에서 소몰이 우주인 탭댄스 공연을 하고 있는 것을 본 적이 있다고 한다. 여동생과 할머니의 말에 따르면, 그는 《베서니와 괴물의 만찬》 원고를 완성하고 얼마 지나지 않아 자줏빛 앵무새와 함께 열기구를 타고 사라졌다고 한다. 원고를 받은 담당자에게 남긴 마지막 말은 이렇다. '내 모자 상자와 빛나는 신발, 조끼를 잘 돌봐 줘. 나는 무언가 재미있는 것을 하러 떠나니까.'

옮긴이 **강나은**

번역할 때마다 낱말들이 서로 자기가 낫다고 대결을 벌이는 걸 구경해요. 세상의 다양한 정답들을 늘 의기양양하게 전달하고 싶습니다. 옮긴 책으로 《스타피시》, 《소리 높여 챌린지》, 《호랑이를 덫에 가두면》, 《월든에서 보낸 눈부신 순간》, 《소녀는 어떻게 어른이 되는가》 등이 있습니다.

베서니와 괴물의 만찬

초판 1쇄 인쇄 2024년 11월 15일
초판 1쇄 발행 2024년 11월 27일

글쓴이 잭 메기트-필립스
옮긴이 강나은

펴낸이 김선식
펴낸곳 다산북스

부사장 김은영
어린이사업부총괄이사 이유남
책임편집 한유경 **디자인** 박진희 **책임마케터** 박상준
어린이콘텐츠사업3팀장 한유경 **어린이콘텐츠사업3팀** 남희정 고지숙 이효진 전지애
마케팅본부장 권장규 **마케팅3팀** 최민용 안호성 박상준 김희연
제휴홍보팀 류승은 이예주 **편집관리팀** 조세현 김호주 백설희 **저작권팀** 성민경 이슬 윤제희
재무관리팀 하미선 김재경 임혜정 이슬기 김주영 오지수
인사총무팀 강미숙 이정환 김혜진 황종원
제작관리팀 이소현 김소영 김진경 최완규 이지우 박예찬
물류관리팀 김형기 김선민 주정훈 김선진 한유현 전태연 양문현 이민운

출판등록 2005년 12월 23일 제313-2005-00277호
주소 경기도 파주시 회동길 490
전화 02-704-1724 **팩스** 02-703-2219
다산어린이 카페 cafe.naver.com/dasankids **다산어린이 블로그** blog.naver.com/stdasan
종이 한솔PNS **인쇄** 민언프린텍 **후가공** 제이오엘앤피 **제본** 대원바인더리

ISBN 979-11-306-6069-1 74840
      979-11-306-3356-5 74840(세트)